À margem da linha

CB143022

Paulo Rodrigues

À margem da linha

novela

Cosac & Naify

© Paulo Rodrigues 2001
© Cosac & Naify 2001

CAPA E PROJETO GRÁFICO Raul Loureiro
FOTO DA CAPA Carolina da Riva / Cores & Imagens
PREPARAÇÃO Fábio Gonçalves
REVISÃO Nelson Luís Barbosa

Todos os direitos reservados. Esta publicação não pode ser reproduzida, no todo ou em parte, por quaisquer meios, sem a prévia autorização por escrito da editora, exceto quando para fins de crítica ou resenha.

1ª reimpressão, 2003

Catalogação na Fonte do Departamento Nacional do Livro
(Fundação Biblioteca Nacional)

Rodrigues, Paulo
À margem da linha,
São Paulo: Cosac & Naify Edições, 2001
112 p.
ISBN 85-7503-100-7

1. Literatura do Brasil
2. Literatura brasileira
3. Paulo Rodrigues CDD 869 B

COSAC & NAIFY
Rua General Jardim 770 2º andar
01223-010 São Paulo SP
T 55 11 3218.1444
F 55 11 3257.8164
info@cosacnaify.com.br
www.cosacnaify.com.br
Atendimento ao professor 55 11 3218-1466

Para Fátima e para meus filhos Leandro e Érico

I.

Grande parte do tempo a gente caminhava sobre os trilhos, e o Mano, com sua inata vocação para a síntese, me contava fragmentos da história do pai. Lembranças desencontradas que ele ia cosendo como uma colcha de retalhos, e eu transformava em figuras coloridas e belas, mas totalmente desprovidas de sentido. Lembranças esparsas, incapazes de definir na minha mente um esboço que fosse do pai. E isso para mim pouco importava naquele tempo. Importava-me naquele tempo era seguir os passos dele, do Mano.

Seguíamos em direção ao nascente, e o sol, lutando contra a cerração, já trazia um pouco de conforto ao tecido gasto de nossas camisas. Uns quatro passos atrás dele, eu procurava imitar sua ginga, buscando um perfeito equilíbrio. Seguir os passos do Mano era, sem dúvida, meu único objetivo.

Eu era um pouco mais novo que ele, três ou quatro anos talvez, mas tendo sido entregue muito cedo à sua responsabilidade aprendi em pouco tempo a confiar cegamente na sua orientação e no peso de suas raríssimas sentenças. Por isso, se o sol conseguia pouco a pouco trazer conforto à minha pele crispada de frio, a palavra do Mano, muito antes, já cobrira de um calor terno a minha alma crispada de medo.

Caminhávamos descalços, e o aço polido sob a planta dos pés, gelado àquela hora da manhã, causava certo arrepio. Observando de trás a decisão que o Mano punha em cada uma de suas passadas, de quando em quando eu tinha necessidade de refazer uma mesma pergunta:

—Mesmo chegando, a gente vai ficar sempre junto?

—Sempre!

Se eu perguntasse ao Mano para onde a gente ia, para que lugar, para encontrar o quê, ele por certo me diria que os trilhos sempre levam as gentes para a mesma parte, e que todos que seguem por eles acabam se encontrando de qualquer modo. Mas eu já aprendera os seus códigos e decifrava-os prontamente, mesmo quando ele usava esse jeito tão confuso de se expressar. Porém, eu nunca perguntava quase nada. De costume, o meu falar se limitava a poucos e inevitáveis monossílabos (para que falar, se o Mano, à sua maneira, falava por ele e por mim?).

Mesmo porque uma pergunta como essa, supérflua e inoportuna, devia com certeza ser evitada, pois fosse qual fosse a resposta dele eu já sabia de antemão aquilo que seus olhos nunca me esconderam: a gente seguia ao encontro do pai.

Ele mal tinha conhecido o pai mas, embora a mãe só falasse desse tempo muito pouco e de má cara, o Mano devia ter idéias muito claras sobre o que fazer quando a gente o encontrasse.

Era-me impossível entender que vantagem ele via nesse encontro. O que me fazia acreditar que sempre valeria a pena era a total confiança que eu tinha no discernimento do Mano.

2.

—Não precisa andá no trilho o tempo todo. A gente se equilibra o quanto puder. O resto nós segue pelo chão batido, beirando o mato.

Caminhar sobre um trilho requer equilíbrio e concentração, e o Mano, cheio de bom senso, percebeu que assim concentrados a gente não correria o risco de se distrair com a paisagem, nem sentiria o peso da distância. Além disso, do ponto de vista físico, seria menos desgastante andar sobre um trilho do que saltar dormentes, como costumávamos fazer em nossas brincadeiras. Saltar dormentes, ele me disse, faz a gente cansar depressa e a comida virar no estômago. Com isso ele queria dizer muito mais coisas, mas sabendo o quanto eu o compreendia limitava-se ao eixo das idéias. A sutileza desse dispositivo me levava a redobrar a concentração na caminhada, entretido que ficava em desenovelar o fio do seu pensamento. Mas o Mano sabia melhor que ninguém que eu não era tão parvo como aparentava, por isso ele tinha o poder de acionar a corda do meu raciocínio e fazer com que eu fosse encontrando dentro de mim mesmo as idéias que ele tinha.

E foi desse modo lacônico, falando das vantagens de andar sobre os trilhos, que ele me passou, de saída, noções básicas de tempo, espaço, austeridade e moderação. Eu pude sentir, mais do que entender, o quanto poderia ser longa a nossa jornada, e o quanto seria necessário poupar tanto os nossos físicos quanto a água e o pão que ele trazia no embornal.

Embora eu entendesse que aquela era somente a forma que o Mano encontrara de me passar conceitos, caminhar sobre o trilho ia ao encontro do meu modo retraído de ser. Por isso, enquanto ele explorava as margens da linha, ou trepava nos morros para ver mais longe, eu continuava em frente. Sentia que um visgo invisível, ou um ímã, me mantinha firmemente atado, sem risco de descarrilar. Sempre cabisbaixo e caladão, eu seguia pensando que a cabeça do Mano e a minha poderiam ser uma só, como se houvesse um fio interligando nossos pensamentos. Eu lembrava de quando me pendurava num galho da goiabeira no quintal da nossa casa, oprimido por uma voragem de pensamentos absurdos, a cabeça apertada como numa morsa, uma agonia desarrazoada aplicando um torniquete na garganta, e o Mano aparecia de repente e me mandava arrumar as tralhas. Era aquilo! Uma bobagem à-toa aquela angústia, uma fraqueza de bebê-chorão — como ele dizia — e eu desatava o nó num choro manso que me ensopava o peito da camisa. Era aquilo. Uma bobagem. Uma vontade reprimida de sair dali e me embrenhar com o Mano nas trilhas tão conhecidas que nos levavam às lagoas do Sequilho.

3.

De vez em quando, um tremor sutil, captado pelas grossas solas dos nossos pés, vinha anunciar a aproximação do trem. Menino de subúrbio, acostumado como estava a viver às margens da linha, eu conhecia esses tremores com a mesma familiaridade que devia ter um curumim em relação às cantigas do rio ou ao ruído dos animais. Pela maior ou menor intensidade daquela vibração, eu poderia fazer um cálculo preciso do tempo que a locomotiva levaria para nos alcançar. Poderia determinar o exato instante de cair fora, sem que para isso houvesse necessidade de olhar uma só vez para trás. É possível que eu fizesse instintivamente esse cálculo, mas a disposição de deixar as decisões, sobretudo as mais importantes, sempre a cargo do Mano me força a acreditar que eu nunca suspeitei dessa minha habilidade. Perto dele, eu não podia, e nem queria, me permitir essas preocupações. Por isso eu seguia quedo, os olhos no aço frio e a cabeça num remoinho de imagens estranhas. Imagens que se formavam à revelia da minha vontade, as quais eu procurava espantar, com um misto de medo e prazer. Os olhos nos pés descalços sobre o aço frio, eu esperava ansioso que o Mano me arrancasse daquele turbilhão, afugentando de minha cabeça o torvelinho de idéias confusas.

Era um alívio quando ele estancava à minha frente, e abrindo os braços decidido ordenava:

—Salta! Vem vindo a maria-fumaça!

Agora eu entendo que essa dependência não vinha apenas da minha incompetência para gerir o meu próprio destino. Vinha antes de uma sede insaciável de afeto, de uma imperiosa necessidade de me sentir protegido e amado. E era isso que eu procurava extrair da nossa convivência, quando ele, avaro no falar, gastava tantas palavras comigo. Pois ele, melhor do que eu, sabia que eu prescindia delas. Mas era, quem sabe, a oportunidade que ele tinha de demonstrar sua ternura, sem perder a enérgica postura do chefe.

Embora naquele tempo essas coisas não me fossem claras, o resultado que elas produziam em meu espírito era altamente favorável, isso levando-se em conta apenas o estado de ânimo em que me deixava. Tanto era assim, que eu erguia a cabeça e tentava ajustar o foco dos olhos no ponto mais distante que a vista alcançava, firmando o olhar no início da curva, no sopé de um dos altos morros que ladeavam grande parte da ferrovia. Então, superando a apreensão e o desconforto que a simples idéia desse encontro me causava, eu me esforçava para acreditar que lá no fim o pai era um homem bom, e estaria de braços abertos aguardando a nossa chegada para retomar conosco o caminho de volta.

Enquanto o comboio passava, o Mano, apreensivo talvez com o meu alheamento, descruzava do tronco a comprida alça do embornal e escolhia o canto mais acolhedor para a gente sentar. Nesse gesto, determinava que aquela era a melhor hora para descansar, pois a gente não podia se dar ao luxo de desperdiçar o tempo, e me passava o cantil de água, o saleiro e um naco de pão besuntado em óleo. Servindo-se de igual ração, ele se concentrava na refeição, mas não deixava de vigiar com o canto do olho se eu comia com gosto e comedimento.

Essa lição de economia eu não aprendera apenas com o Mano. Sua origem remontava a um tempo muito antigo e era comum na vida dos suburbanos, gente que se juntara naqueles cafundós escorraçada pela miséria e encorajada pelo desespero. Com o tempo, de uma para outra geração, essa lição de sobrevivência resumiu-se num provérbio, que na boca de homens, mulheres e crianças, ganhou a força de uma lei:

"Comer lenta e calmamente, saboreando cada porção, é a melhor maneira de enganar o estômago".

4.

Quando o Mano, chacoalhando energicamente o meu corpo, me tirou do sono profundo em que me aferrava, pulei num sobressalto sobre o rústico chão de tijolos. Esfreguei os olhos com as costas da mão, tentando espantar as imagens desconexas que lutavam para me levar de volta pros sonhos donde eu acabava de sair, mas quando vi os olhos dele brilhando no escuro, senti que alguma coisa mudaria para sempre em minha vida, e que os nossos caminhos dali pra frente estariam irreversivelmente entrelaçados. Assim, sem uma palavra, sem um gesto, entreguei àquele menino de pernas tortas e olhar arguto — o Mano — as rédeas do meu destino.

Enquanto ele se ocupava em arranjar sorrateiro a comida no embornal, deslizando como um gato por entre as nossas poucas tralhas (tantas pro nosso nada de espaço), eu, com os olhos já acostumados à escuridão, passei em revista as coisas tão tristonhas e tão queridas da nossa casa: o quarto sem forro deixando ver o telhado de ripas negras de picumã; as paredes irregulares onde pendurávamos em cabides de madeira nossa roupa suja da lida; o armário de espelho grande, manchado nas extremidades, a um canto próximo à cama da mãe; pobre mãe, dormindo um sono profundo, sem refletir no semblante tranqüilo as preocupações e as angústias de todos os dias — era o jeito dela, e havia nisso, sem dúvida, um dedo misericordioso e divino, que ao lhe dar esse espírito quase infantil dividia ao meio sua cota de sofrimento. No canto oposto, numa cama de madeira roliça, cujas molas quebradas davam ao colchão uma forma de ninho, dormia enrolado e quieto o irmão mais velho. O rosto bem feito deixava ver apenas o lado esquerdo, onde uma mecha de cabelo negro e crespo contrastava com a testa clara. Como era belo aquele irmão! Eu me lembro que nunca ele me pareceu tão puro, tão ingênuo. É claro que eu não sabia explicar o que sentia, mas a intuição já me dizia que aquele irmão de olhos límpidos e horizontes curtos, de alma conformada e sem ambição, era o melhor de nós. Talvez o anjo consolador da família inteira. No piso atijolado, num colchão perto do nosso (o Mano e eu dormíamos juntos, um ao contrário do outro, como uma figura de baralho, para que não respirássemos o ar viciado expelido por nossos próprios pulmões), a mana, deitada de costas, respirava ofegante, a boca de lábios carnudos descaída de um lado, uma ruga precoce vincando a testa infantil. Eu olhei a mana com ternura, sem aceitar que maus sonhos pudessem agitar seu sono, que fantasmas importunos pudessem assombrar seus inocentes sonhos de criança. Atribuí sua agitação à dificuldade respiratória, causada por uma alergia crônica que mantinha suas narinas sempre congestionadas, mas acho que nunca enxerguei tão bem a mana como naquele instante. Nunca percebi tão claramente o amor que ela, no seu recolhimento de pedra, nutria por todos nós. Na palavra áspera, nos gestos secos, sempre uma lição, uma forma de nos preparar para a vida desgraçada dos suburbanos. Entretanto, por não entender, como todos na família eu me ressentia com sua aparente rispidez, e tudo isso que traduzo agora não passou naquele instante, repito, de um simples olhar de ternura. É possível ainda que eu tenha refreado um impulso de deitar ao lado dela, de usar os dedos como um rastelo e de abrir sulcos profundos em seu cabelo grosso e volumoso. Entretanto, devo ter ponderado, que reação teriam ela e os outros se eu ousasse demonstrar com gestos esses sentimentos guardados com tanto pudor em nossa casa? As outras coisas, os objetos, eu inventariei de memória. Não precisei transpor as tiras da cortina de plástico para rever os utensílios da cozinha, seu chão de cimento, suas paredes nuas (salvo o Coração-de-Maria sobre a porta e as duas bacias penduradas do lado oposto. A grande, para os banhos sabatinos, e a pequena, de alumínio, para as abluções diárias). O paneleiro de ganchos vazios; o fogareiro a carvão; a mesa azul; as três cadeiras de pernas bambas; a porta sempre aberta do guarda-comida; o banco de tábuas rústicas num canto, o velho banco-baú no outro. Decerto ainda umas tantas miudezas com as quais minha mente comovida já não podia atinar.

De modo fortuito, eu costurava um amuleto. Um talismã para me guardar contra a fúria do tempo, contra o açoite implacável da saudade que, a despeito da presença do Mano, mais dia menos dia viria me assaltar. A gente nem havia saído, mas eu já podia antever como seria doloroso romper a frágil membrana do nosso mundo.

Com o embornal e o cantil a tiracolo, o Mano, já pronto para sair, se aproximou, impondo-me silêncio com o gesto firme e decidido. Estremeci. Aquele leve toque no ombro me fez refletir sobre um outro tempo, indefinido e ameaçador.

Quisesse Deus que o futuro nunca trouxesse o dia em que a mão do Mano deixasse definitivamente o meu ombro.

5.

Eu nunca extraíra da palavra pai um exato sentido, mas é certo que ela mexia comigo de maneira incômoda. Eu não conseguia entender como é que ela conseguia ganhar, na boca de outros meninos, um significado estranho, quase místico. Que mais poderia ser o pai, além daquele vulto assobiando na noite, arrancando telhas e batendo portas e janelas? Que mais poderia ser, além daquele arrepio de medo que trespassava as fibras gastas do cobertor quando envolvia a casa num prenúncio de temporal? Que mais poderia ser o pai? Por que essa palavra se abatia sobre mim, pesada como um insulto, ao ganhar um corpo físico na boca de outros meninos? Por que, quando me forçavam a assistir a missa, na cantilena chata do padre eu só conseguia perceber a palavra mil vezes repetida: Pai... Pai... Pai... que, dita daquela forma tão confusa e poderosa, fazia com que eu me contorcesse, como se um réptil me ferisse as entranhas?

Segurando a náusea que me consumia, eu buscava sempre o rosto cansado da mãe. Vendo-a ali de mãos postas, o olhar vazio, quantas vezes procurei em seu rosto, sem nunca encontrar, as marcas do desespero. Era antes com alívio que ela se persignava, que corria desatentamente os olhos pela nave, sem se dar conta da minha revolta. E me doía pensar que talvez nem se desse conta da minha presença ali.

Escondi do Mano esse pecado como quem esconde um crime. De que forma ele me encararia se soubesse que eu escondia no fundo da alma esse veneno? Essa injustificável propensão para a rebeldia? Não, o Mano jamais me perdoaria. Por isso, quando ocasionalmente e à revelia da minha vontade essas questões me angustiavam, eu desviava meus olhos dos dele, envergonhado como se houvesse cometido uma traição.

Apesar da diferença de idade, o Mano era franzino e pouco maior que eu. Entretanto, com suas significativas frases curtas, a ginga ritmada sobre os trilhos, ele ganhava exuberância e força. Enquanto ele tentava me passar uma idéia mais consistente do pai, eu ia imaginando que o zumbido do vento nas mamoneiras eram sussurros de admiração: "Estão vendo aquele moleque seguindo a linha em direção ao leste? Como é que ele, com esse corpo miúdo e essas pernas tortas, pode caminhar assim, decidido e sem medo, rumo ao desconhecido?".

A gente do subúrbio era uma gente xucra, sem horizontes. O trem era o dragão do progresso, tão necessário como assustador. Para os meninos, lidar com o trem era como lidar com as cobras que freqüentemente cruzavam o nosso caminho. Sabíamos evitá-las, mas sempre com respeito e medo. Poucos tinham a coragem de entrar no trem, serpentear dentro dele pela estrada de ferro. O Mano foi um desses poucos.

A conversa daquela gente simples era ingênua e marcada por reticências, pois o universo pobre de palavras impossibilitava a formulação e o entendimento de idéias extravagantes. Eu era um garoto ignorante. Por isso, não saberia explicar que forma mágica o Mano encontrou para introduzir em minha mente uma noção mais substantiva do pai. Ele próprio não possuía meios para retratar essa figura praticamente desconhecida, tampouco para discorrer sobre fatos antigos, a maioria dos quais ele sabia de ouvir contar. Creio que não me falasse exatamente do pai, mas do universo confuso que dá corpo e vida a essa palavra.

Era com as palavras dos suburbanos que o Mano me passava essas imagens. Mesmo assim, naquele tempo eu não conseguiria reproduzir as coisas que ele dizia do modo que dizia, mas podia esboçar na imaginação a idéia que ele fazia do pai: um homem grande, cabelos castanhos, olhar severo e bigode ruivo. A partir daí, comecei a vê-lo ao longe, onde a linha se afunila, as mãos atrás das costas, as pernas separadas, um pé sobre cada trilho, esperando sobriamente por nós. Entretanto, por mais que caminhássemos, eu só conseguia vê-lo no mesmo lugar, como se fosse intransponível a distância que nos separava. Mas acho que era assim mesmo que eu o desejava: distante e vago.

Certa vez o Mano me disse que assim que a gente encontrasse o pai ele teria a chance de cuidar de si mesmo, que eu não podia imaginar um isto das suas penúrias. Com isso ele queria certamente dizer que eu não era capaz de calcular a sobrecarga que recai sobre o chefe de uma empreitada, nem de avaliar o quanto é penoso carregar sobre os ombros o fardo da responsabilidade. É claro que não foi desse modo que interpretei as palavras dele. Para mim, ele estava dizendo que era eu o fardo, o empecilho, e que na verdade não seguíamos ao encontro do pai, mas que eu era levado a ele. Uma encomenda com destinatário incerto, mas que precisava ser entregue a qualquer custo. Era eu a encomenda! Apesar de ele saber do amor que eu cultivava escondido nas entranhas, de ser ele o objeto maior da minha adoração, entendi que para o Mano eu era apenas um estorvo. Alguma nódoa, algum destempero dentro do meu corpo ou da minha alma — a mãe costumava me chamar de bicho-do-mato — fazia de mim um empecilho a ser removido.

Entregar-me! Não sei se ele notou o quanto suas palavras me abalaram, ou como o meu andar sobre o trilho se tornou arrastado e triste.

Caminhamos uma meia hora assim: eu, de mãos nos bolsos, enfiado em maus pensamentos; o Mano curvado e abatido, como se dentro do embornal carregasse um mapa de poucas linhas sinuosas, porém confusas, que só a ele cabia interpretar.

Acho que o Mano andava sempre com os olhos no horizonte e os sentidos em mim. De repente, atravessando pelo dormente, me puxou para o caminho de chão batido que margeia a linha e se pôs a caminhar do meu lado. Seguimos ainda um tempo em silêncio, até que ele, me olhando ternamente, disse com gravidade:

— Vamo, deixa de pensar besteira. No fim tudo acaba dando certo.

Abandonei prontamente o meu pesar. Sabia que nessa frase resumida ele queria dizer que, houvesse o que houvesse, estaríamos sempre juntos.

6.

Clareava o dia quando tivemos que contornar a estação da Parada 7. O Mano, ressabiado, medindo cada passo, como se aguardasse um incidente desastroso, uma agressão inesperada. Eu o seguia angustiado, mais pela sua própria atitude que pelo estranho das casas e de seus moradores. Embora fosse um vilarejo semelhante ao nosso, naquela parada tudo parecia frio e hostil. As pessoas tinham o mesmo comportamento da gente de subúrbio: postura arrogante e antipática diante de estranhos de mesmo nível social; encurvados e servis, humildes e tristes perante os mais favorecidos, estranhos ou não.

Pouco se diferenciavam esses vilarejos. Construções precárias de tijolo e barro, sem reboco e sem estuque, cercadas por arame farpado preso a mourões de eucalipto; gatos e cães vira-latas, galinhas modorrando ou ciscando pelos quintais e pelas ruas sem calçamento; crianças correndo para todo lado, algumas de olhar doentio, as vestes rotas, os pés no chão, exibindo sorrisos plenos de uma felicidade incompatível com suas inúmeras carências.

Quando nos vimos obrigados a passar defronte à estação, o Mano me alertou para não dar trela às pessoas, *que era tudo gente enxerida*. O que ele queria dizer é que provavelmente nos olhariam com mera curiosidade, pois nesses lugarejos é imediata a identificação de estranhos, porém, havia o perigo de nos confundirem com meninos vadios, que vivem de pequenos furtos. Eu queria dizer ao Mano que no fundo tinha uma esperança, bastante remota, de que as pessoas apenas se compadecessem de ver duas crianças atiradas ao desamparo desse mundo assustador. Mas a ele, determinado e audaz, esse meu pensamento soaria como uma infantilidade de choramingas.

De qualquer forma, essas pessoas, essas casas, embora semelhantes a tudo que eu conhecia, me enchiam de constrangimento e temor.

Em nossas excursões à procura de pedras preciosas, cacos de vidros coloridos que juntávamos numa lata, seguíamos quase sempre em direção à Parada 7. Imaginávamos que o Eldorado dos desbravadores só podia estar nos confins do sertão, por isso, pouquíssimas vezes tomávamos o caminho da 5.

Embora nessas aventuras nos embrenhássemos nas capoeiras de mato fechado, atravessássemos o bosque de eucaliptos, como se estivéssemos no quintal da nossa casa; embora escarafunchássemos as entranhas dos grotões, chafurdássemos em lagoas barrentas à cata de sedosas espigas de taboas, ou mergulhássemos em rios de águas turvas, margeados por touceiras de capim-gordura, sem que o medo se fizesse presente uma vez sequer; embora todos esses atos representassem, sem que desconfiássemos, uma mistura de coragem e ousadia, duas regras de segurança eram tácita e fielmente observadas: nunca nos afastávamos demasiadamente da linha férrea, nem adentrávamos a área urbana das outras comunidades. Por isso, foi um alívio, mesmo para o Mano, quando pudemos, do lado oposto, sentir o contato conhecido e amigo dos trilhos sob os nossos pés.

Diante da agitação em que eu me encontrava, o Mano decidiu me explicar o quanto seria bom, dali pra frente, a gente se manter afastado das coisas desconhecidas. Com isso, eu refletia, ele queria gravar em minha mente a importância da nossa viagem, para que eu pudesse suplantar o medo e as incertezas com a força da convicção. Era como se me dissesse que devíamos manter o olhar firme, fixando num ponto lá adiante, onde os trilhos se juntam, a nossa meta. Do seu jeito confuso, mas preciso, o Mano determinou que seguiríamos em frente, desviando do caminho apenas o estritamente necessário.

Olhando o Mano caminhar alguns metros à minha frente, lembrei-me de um dia em que eu, bem pequeno, garimpando um caco de magnésia, lhe perguntei se aquilo era uma esmeralda. Foi a primeira e única vez que os olhos dele se encheram d'água ao me responder que isso não tinha importância, pois de todo modo, fosse jóia ou vidro, era sempre uma beleza. Com isso, ele insinuou que as coisas têm sempre o valor que a gente lhes dá. E era nessa forma, eu intuí, que ele gostaria de moldar o meu espírito. A partir daí, começamos a sair juntos à procura de tesouros perdidos, mas foi muito, muito tempo depois desse dia que comecei a alcançar a exata medida dos seus pensamentos, e a perceber que os seus ensinamentos iam sempre muito além das parcas palavras.

7.

Um trem cargueiro é coisa muito linda de se ver. A composição, puxada por locomotiva a diesel, parece não ter fim, tal a quantidade de vagões e a variedade da carga. Por isso, essa nossa parada teve de ser mais longa, razão pela qual o Mano decidiu que a gente devia descansar à sombra de uma quaresmeira.

Recostado no tronco, a fronte apoiada no ombro do Mano, eu caí numa espécie de dormideira e me deixei vagar por lembranças antigas. Como era pequeno o meu mundo. Sentado sobre uma grossa forquilha no alto de uma sibipiruna, era infinito o horizonte que eu enxergava. Eu podia me transformar em capitão ou grumete, aviador, maquinista, viajante, sem sair do colo seguro da minha árvore. Podia me embrenhar pelas mais fantásticas histórias que o Mano me contava. Histórias tiradas dos livros que a mana ganhara de uma fada-madrinha, e que, guardados cuidadosamente num banco-baú, constituíam o nosso único tesouro. A bordo da sibipiruna, eu não relacionava meus sonhos com as pessoas que andavam no trem de passageiros. Aquela era uma gente humilde, de olhar tristonho e cabisbaixo, vergada sob o peso de uma existência de privações. Era uma gente que só conhecia uma crua realidade, e não sabia iniciar suas pobres crianças na fantasia dos brinquedos. Não havia entre aquela gente um sonho sequer, um simples anseio de mudança. Tudo se resumia num projeto automático de cruel sobrevivência. Por isso, poucos viriam como o Mano a romper essa história arcaica e se lançar no escuro em busca de um projeto indefinido, situado no final de uma linha que nenhum dos suburbanos sabia ao certo aonde ia dar.

Não sei por que, era com os cargueiros que eu entrelaçava meus sonhos. Aquele interminável desfilar de vagões de diversos tipos, de carga e procedência variada, puxados por uma locomotiva silenciosa e possante, despertava em mim intrépidos aventureiros. Talvez as tintas fortes da propaganda exortando produtos e produtores, muitas vezes em língua estranha, me fizessem acreditar que o destino daqueles trens era o portal de uma terra prometida que eu não me atrevia sequer a imaginar. Mas agora, aconchegado entre o ombro do Mano e o tronco da quaresmeira, eu duvidava que o trem, fosse ele qual fosse, pudesse levar alguém para um bom destino. E lembrei de uma das poucas vezes em que vi no semblante da mãe uma ruga de preocupação. Curvada no tanque, no fundo do quintal, ela não entoou desafinada as canções ingênuas que costumavam ditar o ritmo do seu trabalho. Era por ele, pelo Mano, que ela turvava o semblante. Ele, o filho precoce; ele que, diante da simplicidade do irmão mais velho, havia assumido a primogenitura, chamando pra si a responsabilidade de auxiliar a mãe a prover a ração da família.

No dia anterior, antes do sol raiar, o Mano tinha sido visto pelo chefe da estação embarcando no trem com um pesado cesto de limões-rosa. A essa notícia, a mãe ficou ansiosa, mas não apreensiva. Assim como eu, ela sabia que ele voltaria antes do sol se pôr, com o cesto vazio, umas cédulas no bolso e um olhar resplandecente de orgulho. Foi só quando ele chegou com o cesto e os bolsos vazios, o olhar esquivo, e foi se encolher acabrunhado debaixo do caramanchão, pitando um talo seco de chuchu, que ela deixou cair o semblante. Eu lembro que ela e eu nada fizemos quando ele jogou o cesto num canto sob o telheiro e passou por nós, sem olhar para lado nenhum. A mãe deixou escapar um sussurro que eu só pude entreouvir. Parece-me que ela disse: Maldito trem...

Uma mulher envelhecida, muito mais pela fadiga que pela idade, atravessando a linha com uma enorme trouxa equilibrada na cabeça foi que me fez lembrar da mãe. Tão semelhantes essas suburbanas. Sempre dobradas sobre um tanque de roupa alheia, ou empunhando um negro ferro de passar. Rebolando as ancas magras ou volumosas demais, agitavam ridiculamente, de tempo em tempo, aquela engenhoca, miniatura de maria-fumaça, de cuja boca saltavam pequenos tições. Era esse o modelo de toda mulher suburbana, e me doía fundo perceber que tanto a mana quanto as outras meninas do nosso vilarejo não tinham nenhuma escolha. Amealhando desde cedo a nossa parte nessa herança subalterna: a ignorância e a servilidade, nós, os meninos, nos preparávamos para cumprir ao lado delas o mesmo destino.

Em verdade, eu só ruminei esses pensamentos depois que deixamos a quaresmeira e voltamos a caminhar sobre os trilhos. É que o Mano, seguindo com o cenho franzido o andar bamboleante da mulher, não conseguiu controlar a emoção e, olhando através de mim, disse como se falasse consigo mesmo que aquilo não era vida de gente. Acho que foi nesse dia que eu aprendi quem era verdadeiramente o Mano, e passei a ter por ele uma admiração muito mais respeitosa. Ele não tinha planos medíocres como os nossos (foi isso o que eu percebi). Não, ele não aceitava repetir a história de todos os suburbanos. O Mano exigia mudanças, e ia, sem sombra de dúvida, escrever sua própria história. Quem sabe, uma outra história para a família. Talvez o pai fosse apenas um pretexto para justificar sua decisão de abandonar a casa materna, mas uma vez encontrado seria página virada. Ah, que conforto me trouxe essa descoberta! E eu só tinha que agradecer a ele por ter-me escolhido para companheiro de jornada, intérprete e relator de todos os seus feitos. Não que o Mano me tivesse feito uma explanação detalhada disso tudo, pois é possível que ele mesmo não tivesse uma noção clara de seus projetos. Cabia pois a mim, seu relator, meramente a tarefa de deduzir. Tarefa simples, diga-se, porque, ao refletir no olhar que lançou à pobre mulher toda a injustiça que permeava nossa comunidade, ele não poderia ter sido mais claro.

Com sua vocação para a síntese, o Mano resumiu toda a nossa desgraça, assim como todos os seus planos, quando declarou que aquilo não era vida de gente.

8.

Já havíamos ultrapassado a Parada 8 quando o Mano me deu uma lição prática sobre as mulheres. Há muito tempo ele já vinha sondando o meu grau de maturidade, me falando de coisas assim como o fato de a gente ser homem e, por isso, carecer de uma companheira no futuro. Nessa época eu tinha um grande interesse pelas mulheres, mas, ao mesmo tempo, tinha um imenso pavor de aproximar-me delas. Por isso, sem saber aonde poderia dar aquela conversa, eu fiz com ele um jogo de cena. Dei a entender que me satisfazia plenamente ouvi-lo falar de coisas tão sérias, sem no entanto me concentrar no conteúdo de suas palavras. Desarmado por essa minha forjada indiferença, nunca mais tocou nesse assunto, me deixando arrependido e aflito por ter obstruído infantilmente sua predisposição de me ensinar.

Caminhando altivamente ao lado do Mano, participando dessa sua audaciosa aventura, ainda agora o pouco que eu sabia sobre as mulheres era de sua grande aptidão para os serviços domésticos e para o provimento de nossos estômagos. Sobre seu comportamento social, sabia que, ao menos as suburbanas, eram formadas para procriar e para assumir os problemas do lar. Sobre seu comportamento íntimo, minha compreensão não ia além da beleza da mãe e da sensualidade da mana. Mas a beleza da mãe tinha sua origem na paixão filial, que despreza os padrões estéticos e os apelos da carne, e que sublima os gestos de carinho, por escassos que sejam, mitificando as lembranças do colo e da fartura dos seios.

Já a sensualidade da mana—ela jamais saberia disso—provinha unicamente do instinto. Manifestava-se na forma de calor e tremores quando ela, inventando brinquedos, me fazia assumir o papel de marido e roçava constantemente seu corpo no meu. Sem entender o ardor com que ela desempenhava o seu papel, eu representava razoavelmente o marido que beija, abraça e dorme junto. O marido cujo padrão era o único que eu conhecia: absorvido pela azáfama do dia-a-dia, pela necessidade de "ganhar a vida", e que à noitinha volta sedento de carinho, de cuidado e de sono. Porém, o papel que eu melhor dominava era o do marido-macho, aquele que afronta o perigo, protege e domina; aquele que reina absoluto, umas vezes com despotismo, outras vezes com imprevista bonomia. Mas não era esse o marido que a mana sonhava, por isso nossas incursões pelos domínios da dramaturgia eram sempre malogradas por expectativas divergentes: ela, extravasando a mudança que o desabrochar da mulher ia operando em todo o seu ser, sentindo-se inexplicavelmente atraída pelo sexo oposto, queria me transformar no galã romântico das novelas de rádio, enquanto eu, fedelho ignorante, apenas misturava heróis fabulosos com o modelo rústico dos suburbanos. Mas quando a mana enrolava num trapo sua bruxinha de pano e me pedia para embalar a "nossa linda filhinha", eu inventava uma desculpa para deixar o brinquedo. Não sei o que ela pensava, mas nunca lhe confessei que era incapaz de associar o papel de marido à figura do pai.

Havíamos acabado de passar pela 8 e andávamos a passos largos, com a intenção de sair rapidamente do povoado, quando a moça se juntou a nós. Era uma moça igual a tantas outras que eu conhecia, por isso eu me intriguei com sua ousadia em caminhar ao nosso lado, pois as garotas suburbanas eram esquivas a rapazes, sobretudo desconhecidos. Ela não caminhava sobre os trilhos como nós, saltava dormentes ao lado do Mano, enquanto eu, intimidado com sua presença, me deixava ficar cada vez mais para trás, absorvido por meus próprios pensamentos.

Assim distraído, não sei quanto tempo demorei para me dar conta de que andava só. Adiante, até onde a vista alcançava, nem sombra dele ou da moça. Ao lado da linha, os barrancos escarpados se elevavam aos poucos para descair novamente uns dois quilômetros à frente. Quando dei conta do deserto que me circundava, senti uma dolorosa sensação de abandono. Que desespero! Era a primeira vez que eu me encontrava com a solidão. O sol baixo, imensa bola vermelha, o barulho dos passarinhos se recolhendo prenunciavam o breve cair da noite, e foi quase em pânico que olhei para trás e não pude enxergar a pequena estação de madeira. Onde eles haviam se enfiado? Que apelo irresistível arrebatou o Mano de suas inabaláveis convicções, fazendo-o trocar a mim e a todos os seus planos por uma companhia fortuita? "O quê, Mano, me diga!"—era o grito aprisionado no meu peito. Era a inquietação, o desconsolo; era uma confusão esse meu grito surdo. "Que força é essa que te fez esquecer as tantas coisas sonhadas pra nós: o encontro com o pai, a vida nova... a promessa de que haveríamos de ficar sempre juntos?"

Retrocedendo lentamente pelo caminho de terra — eu não tinha equilíbrio para andar sobre o trilho —, me perdi em pensamentos confusos, naquele deserto de solidão e medo. Como, de que maneira, sem comando e sem alimento, eu poderia voltar sobre o meu próprio passo e retornar à casa para, além do meu desamparo, enfrentar o desespero da mãe, as reprimendas da mana e o olhar piedoso do irmão mais velho?

Como num filme, revi trechos da nossa história. Algumas lembranças assomaram mais prontamente, um pequeno retrato desse irmão, que mais do que amar eu idolatrava: o menino um tanto mirrado, de pernas tortas e andar vacilante, que a todos fascinava pela precocidade do espírito. Não me era fácil aceitar nele qualquer ato fútil, como esse de levar pro mato uma zinha qualquer. Lembrei ainda de uma frase que li, sorrateiramente, numa brochura que o irmão mais velho mantinha escondida entre o colchão de capim e o aramado da cama: "...e compôs para a moça, no meio do bosque, uma cama de flores e folhas secas, para de lá sair com um ar arrogante, quase imbecil".

Desnorteado, retornei uns duzentos metros, ziguezagueando feito um bêbado por entre as valetas e as touceiras que margeiam a linha. Eu nem sentia os estrepes me arranhando a pele.

Tinha os olhos nublados e o coração apertado em agonia, e foi por puro instinto que me joguei sob uma árvore, à beira do matagal entre dois cortes de barranco. Em que outro lugar eles poderiam ter se enfiado para desaparecerem assim tão rapidamente da minha vista?

Jogado à beira dos trilhos, triturando com impaciência um galho de chico-triste, senti uma enorme saudade da Mãe Grandona. Ela que, lá na 6, fazia da sua casa o nosso refúgio. Ela que, embora viesse de outras terras, conhecia melhor que ninguém a vida dos suburbanos. A sua casa era o único lugar onde podíamos nos fartar de carinho e de prazeres simples, curar mazelas e espantar os medos.

Não sei por quanto tempo eles ficaram entretidos naquelas brenhas. Embora o escuro já cobrisse de cinza o cume fechado do matagal, foi com alívio e sem revolta que senti a grossa sola do seu pé sacudindo do meu corpo aquela vertigem. Era o soco que devolve à vida o coração disritmado.

Do seu modo, o Mano era mais ladino do que eu poderia supor. Me vendo lúcido de novo, antes que eu lhe cobrasse a razão do sumiço, ou fizesse qualquer outra pergunta desnecessária, com um meneio lânguido ele me mostrou a moça que se afastava. De costas, alisando a saia com as palmas das mãos, me pareceu que ela voltava contente para o povoado.

—Mulher é uma precisão. Pena que a gente não pode carregar no embornal—acompanhou a frase de um gesto malicioso, não condizente com seu comportamento habitual, tampouco com seu jeito sempre moderado de falar comigo.

Refeito da estupefação, eu segui em paz, pensando na frase e no gesto do Mano. Foi uma luz nova brincando em suas pupilas que clareou de vez a minha mente: ele estava quase feliz. Entretanto, demorei uns tempos para compreender totalmente o significado daquela conduta. Era óbvio como são óbvias todas as coisas da natureza humana. Daquele modo gaiato, o Mano estava tentando me mostrar que as mulheres se tornam quase tão necessárias quanto o ar, depois que a gente as conhece.

Quando voltei serenado para o trilho, remoendo a frase do Mano, fui aos poucos entendendo a razão do desgosto que eu sentia quando a mãe ou a mana não conseguiam sofrear o contentamento diante dos olhares masculinos. Eu pensava comigo: que graça tem esse bicho fedorento? Era o meu ciúme rompendo a falta de malícia. No fundo da minha inocência eu já sabia perceber quando um ou outro olhar causava maior efeito, quando uma ou outra palavra era acolhida com um disfarçado sorriso de prazer. E a minha ira, Mano, eu não sabia de onde provinha, mas sabia que ela tinha no fundo um pressentimento amargo de solidão e perda.

—Vambora! A lua não demora pra nascer no grotão. Daqui a pouco tá tudo claro como o dia!

Eu já tinha recobrado o necessário equilíbrio para caminhar sobre o trilho até mesmo de olhos fechados. Olhava enternecido pro vulto escuro do Mano, pensando que devia tão-somente a ele o quase nada que eu sabia.

9.

Eu já tinha algum conhecimento do desespero e da embriaguez. Vira a mãe, umas poucas vezes, sair do seu habitual estado de alheamento e arrancar os cabelos aos gritos, socando as portas e as paredes, como se assim impedisse o rancor de adormecer em seu peito, levando-a mais tarde a praticar ações mais graves e ainda mais espalhafatosas. Outras vezes, vira-a chorar mansinho, as lágrimas caindo sobre a prancha da mesa, onde cravava horas a fio os grossos cotovelos.

O Mano, vendo um dia a mãe nesse estado, o olhar lacrimoso fixo nas latas vazias no armário escancarado e nu, saiu acabrunhado para o quintal. Eu, sempre no rastro dele, ouvi quando resmungou consigo próprio: "Esse é o pior dos desesperos...".

Essa frase mastigada me mostrou a relatividade da dor. Então eu pude entender que o desespero causado por paixões mundanas é um fogo que queima rápido, que pode ser compensado e quase nunca deixa seqüelas. Entretanto, vislumbrar sua impotência diante da vida, sua incapacidade de alterar a existência miserável, é, para o alienado, uma cruel revelação.

Não era por acaso que os vilarejos da Parada 6 tinham nomes deprimentes, carregados de tristes ou rudes adjetivos, além de outros que sugeriam a vida reles dos suburbanos. Nesses lugares eu vi mulheres atingindo um alto grau de desespero. Algumas, de olhos secos, idiotizadas diante de uma fúnebre despedida; outras uivando e dilacerando as carnes numa impiedosa flagelação; e ainda aquelas que atentavam, Deus sabe por que, contra a própria vida.

Para os homens não era dado o direito ao desespero. Eram o esteio, o arrimo, a viga-mestra. Pobres homens, no fundo eram os mais aflitos, pois se cobrava deles o que nunca podiam dar. Não choravam, não uivavam, não blasfemavam, nem sequer reclamavam das injustiças dos céus ou da terra. Recorriam sempre ao mesmo expediente. Sempre, depois da lida diária, batendo sobre as mesinhas as pedras gastas de um dominó, ou sentados simplesmente num banco tosco, do lado de fora, procuravam um anestésico para sua covardia nos copos sujos do bar. Os de dentro, eufóricos e barulhentos; os de fora, calados e carrancudos. Todos, entretanto, conscientes ou não, atrelados à composição do desafogo.

Naquele tempo eu respeitava e temia o ato desesperado, mas encarava a embriaguez como uma atitude vergonhosa. Os moleques, de um modo geral, zombavam dos bêbados, mesmo que entre eles estivessem seus próprios pais. Aos domingos era aquele incessante vaivém dos homens entre as casas e os botequins. Atrás dos embriagados iam os moleques provocando reações geralmente estúpidas e imbecis. O Mano não gostava disso. Via com bons olhos o meu distanciamento dessas brincadeiras, mas não concordava com minha opinião sobre o assunto. Entendi isso quando, num domingo, olhando a turba de moleques provocando os bêbados, ele resmungou contrafeito: "A cachaça é a forma mais filha-da-mãe de se esconder da desgraça".

Foi depois desse dito do Mano que eu percebi que o álcool era apenas uma muleta. Que assim como as mulheres se dopavam à força da fadiga dos afazeres domésticos, os homens se embebedavam. Alguns, apenas para se isolarem murchos num canto da casa, para se livrarem de conversas e de prováveis aborrecimentos. Outros, os mais perturbados, para zanzar desnorteados, entrar em bate-bocas idiotas, até caírem de borco pelas valas, ao longo dos caminhos.

Era esse o conhecimento irrisório que eu tinha do desespero e da embriaguez, que só foi um pouco ampliado quando o Mano me fez enxergar que quase sempre um era fruto do outro.

Depois que passamos a 9, o rosto do Mano se iluminou diante de uma vista maravilhosa. Era um grande morro, coberto de vegetação, que, encobrindo parcialmente a visão de outro ainda maior, dava uma equívoca noção de final de linha. Para reafirmar ainda mais essa ilusão na cabeça dele, um azul com babados de violeta parecia um rico cortinado prenunciando que logo ali, depois do morro, se abriria uma porta para o céu. O Mano estava em êxtase, e nada naquele momento poderia demovê-lo de tamanha certeza. E quando ele me olhou quase sorrindo, no seu modo calado de anunciar que estávamos chegando ao nosso destino, eu que nunca duvidei da sua clarividência me enchi de emoção e tristeza. Pois se o Mano se sentia aliviado por entrever detrás dos morros o início de uma nova vida, eu já sentia me roçar a alma o gume seco da solidão. E desejava que a nossa jornada nunca tivesse fim. Queria que a linha rodeasse eternamente aquele cortinado para que continuássemos assim, ele e eu, lado a lado para todo o sempre.

Quando contornamos os morros e vimos que após a curva acentuada a linha se estendia numa reta a perder de vista, e que o azul, no espaço aberto, já não tinha a mesma densidade, assim como o violeta dos babados nada mais era que a luz do poente refletida nas encostas floridas, o Mano caiu num doloroso silêncio. Maior ainda que a dele, foi a minha própria dor. Para mim, era como se aquela reta imensa fosse o resultado dos meus desejos, e o desespero dele fosse obra minha.

"Vambora", ele me disse enfezado, andando um pouco sobre os trilhos, um pouco saltando dormentes, dois a dois, com tal pressa que eu tive que me desdobrar para acompanhá-lo. Nunca vencemos tão rapidamente a distância entre uma estação e outra como naquele quente entardecer; e nunca foi tão fácil entender a mensagem que o Mano me transmitia nessa hora, pois na exigüidade daquele "Vambora" ele queria me dizer que a gente tem que usar até mesmo a força do desespero para não se entregar ao desânimo. Mas não foi tão simples assim. Acampamos perto da 9, e ele, me deixando à sombra de uma goiabeira, caminhou sozinho para o vilarejo, vacilante como um boi ao ir pro corte. Foi a primeira vez durante a viagem que nos separamos sem que eu me sentisse amedrontado. Senti sim foi uma tristeza muito funda, uma enorme pena do Mano. Eu sabia que dali a pouco quando voltasse ele já não seria o mesmo. Em lugar do menino sisudo e forte, eu veria chegar um adulto cambaleante e frágil. Por sorte, já seria noitinha, e talvez o escuro não me permitisse ver seu olhar estúpido, o mesmo de tantos homens suburbanos.

Na outra manhã eu já havia relevado a momentânea fraqueza do Mano. Nem sei por quê, relacionei aquele caso com uma bobagem que aconteceu certa vez comigo. Eu tinha procurado a Mãe Grandona com a alma embrutecida por uma angústia causada por motivos tolos. Em vez de tentar me arrancar um sorriso, buscando, como sempre fazia, sentenças divertidas nos fados que conhecia, ela me surpreendeu com um conselho estranho:

"Vamos, vá à luta! Xingue, chute as portas, desabafe! Não é bom colocar uma pedra em cima dos rancores".

A Mãe Grandona não trazia no ventre a seiva da vida. Talvez por isso mesmo amasse tanto as crianças, sobretudo as mais desamparadas. Nada tinha a ver com as mulheres suburbanas. Chegara trazendo costumes, crenças, princípios e convicções diferentes, que espantavam os adultos e encantavam jovens e crianças. Era a nossa Mãe Grandona: a conselheira e a confidente. Ensinava-nos canções, algumas em línguas estranhas, a escrever, a contar, a decorar lendas e histórias. Lia mãos, deitava cartas, prenunciando sempre finais felizes.

Recostado num mourão de uma cerca onde o Mano adormecera à margem da linha, de repente me dei conta de que lá na 6 eu tinha meus privilégios. Além de seguir o Mano (quantos moleques deviam invejar-me a sorte de poder seguir um mestre como ele!), eu possuía ainda a preferência dela. Dela que amava a todos, mas que comigo era diferente. Sabia me tirar da concha em que eu me escondia; me fazer dizer coisas insuspeitadas, me arrancar segredos... Eu tinha alma de artista, e isso me punha perplexo diante do mundo. Os outros não entendiam que o meu jeito encabulado escondia uma maneira especial de enxergar a vida. Eu pouco entendia dessas coisas que ela me falava, mas o tom acariciante de suas palavras me causava intenso prazer.

Velando longe de casa o sono agitado do Mano, pude ver com nitidez esse privilégio que eu tinha. Tive exata noção do tesouro que eu possuía, e me doeu no peito uma grande saudade dela. Dela que me ensinou a encontrar a beleza no avesso da coisas. Conceito que somente apreendi quando afrontei os desvios do mundo.

10.

Na primeira vez em que reparei num desvio, me atrevendo a erguer os olhos para aquele caminho alternativo, chegando mesmo a dar uns passos sobre ele, nada além de uns cem metros, é claro que por minha cabeça não passava sequer o esboço de um projeto. Era apenas uma brincadeira, uma forma, nem sei se consciente, de atrair a atenção do Mano. Aliás, acho que a gente já havia passado por um outro desvio, não tenho certeza, mas é certo que se passamos eu não dei conta dele. Por isso, quando vi o olhar contrafeito do Mano e o seu balançar de cabeça, fiquei melindrado. Afinal, que motivo eu dera para que ele tivesse uma reação daquelas? Abaixei o olhar sobre o trilho e segui um bom tempo de cenho franzido, inconformado com a reprimenda severa. Ele não precisava dizer uma palavra para me atingir. Bastavam aquele olhar contrafeito e, principalmente, aquele balançar de cabeça caindo sobre mim como uma sentença.

—Salta! Vem vindo a maria-fumaça!

A ordem do Mano me devolveu à realidade, mas me colocou diante da desordem que se instalara em meu espírito. Que susto! Que espanto dentro da minha inusitada reação. Era a primeira vez que eu contestava, mesmo em pensamento, uma reprimenda do Mano. Talvez tenha sido em função do exagero da reprimenda. Ele me olhara como se eu já estivesse a pique de cometer um desatino, de me jogar numa aventura inconseqüente, quando tudo que eu pretendia era chamar sua atenção! Afinal, ninguém melhor do que o Mano devia saber que eu jamais daria um passo sem ele. E eu nem queria dizer com isso sem o consentimento dele, mas sim sem que ele estivesse do meu lado e de acordo comigo. Quem senão ele poderia saber que eu nunca aprendera a andar sozinho? Que eu só não me sentia desamparado quando caminhava sobre o seu passo, seguindo as trilhas que ele ia desbravando? Desde que tenho lembrança, a mãe vivia repetindo que todos nós devíamos nos guiar pelos passos dele, pois era dele a missão de nos encaminhar na vida. Mas a mim, que tinha todo o tempo para estar com ele, cabia o dever de amá-lo, segui-lo e protegê-lo. Porque—ela justificava lá com suas palavras—o cão quando protege o dono está acima de tudo preservando-se a si mesmo. Ela, coitada, só tinha tempo para pensar em nossa subsistência e na manutenção da casa; caso contrário, assumiria de bom grado esse papel. Nessas horas, como se falasse consigo mesma, ela repetia todas as dificuldades pelas quais passara desde que se vira sozinha no mundo com suas crias. Eram histórias tristes, de abandono, de humilhações e miséria. Vilões de ocasião espreitando as frestas da sua vida, as frestas do seu barraco, tocaiando o momento certo de dar o bote, de conseguir seus intentos, muitas vezes depravados. E ela, coitada, às vezes por se encontrar encurralada, às vezes por desamparo, quase sempre se corrompendo. Maldições e castigos pesando sobre sua cabeça humilde, sobre suas idéias tolas. Injúrias de comadres marcando seu coração com novos desesperos. Que culpa tinha de não ter um arrimo naquela vida desgraçada? De nunca ter tido alguém que lhe apontasse os rumos? Que lhe desse o mínimo necessário para lutar contra as tentações? Seriam — finalizava — esses erros imperdoáveis, se ela os cometia por uma causa justa: a sobrevivência de sua prole?

Foi dessa forma crua, quase cruel, que a mãe nos fez memorizar suas heróicas histórias. Mas enquanto eu conseguia ver nessas narrativas um lado romanesco, procurando ouvi-las como se fossem extraídas das páginas de um livro arrancado do fundo falso do nosso velho banco-baú, o Mano ouvia compenetrado, os olhos fixos no rosto da mãe, acompanhando atentamente cada mudança em sua expressão.

Era sempre depois desses relatos que ele, com uma nuvem escura turvando o semblante infantil, me levava para uma caminhada. E enquanto caminhávamos, longe dela, ele cerrava os punhos e me dizia que havia de trazer de volta o pai, ainda que fosse a cabresto.

Foi relembrando essas coisas e tentando entender o porquê da dura represália do Mano, que eu comecei a imaginar que possíveis maravilhas poderia esconder um desvio, a ponto de exercer sobre mim uma tal atração, um tal fascínio, que me levassem a abandonar, assim sem mais nem menos, sua proteção. Que poderiam oferecer esses desvios a ponto do Mano temê-los não apenas por mim, mas por si mesmo? Paisagens mais belas, cidades mais ricas, ou gente mais livre? Não, se fosse algo assim o próprio Mano já teria decidido mudar de rumo. Dentre as coisas em que ele acreditava, uma delas era que o pai estaria certamente no melhor lugar. Se ele insistia em seguir em frente era porque sua clareza de espírito, como uma infalível bússola, apontava-lhe sempre aquela direção. Era ainda possível que os desvios escondessem perigos que a minha total ignorância da vida não me deixava imaginar. Ou talvez os desvios pudessem apenas retardar a nossa viagem, e eu — ele devia pensar —, que acreditava nele e na nossa unidade, não podia desejar uma coisa dessas. A verdade é que nesse momento tudo o que a gente possuía era a certeza dele, a minha confiança, e o aço sob os pés.

II.

Não nos assustamos com a primeira noite de lua cheia passada ao relento. Sentimos foi uma carga muito forte de nostalgia que perdurou pela noite inteira. Era uma noite belíssima. Não fosse a situação inusitada em que nos encontrávamos (dois meninos mirrados acampados num ermo sob o céu aberto, tendo apenas a ferrovia e uma capoeira separando-os das moradias mal iluminadas dos pedreiros), e o Mano — eu pensava — poderia escapar um minuto dos seus devaneios para entrar nos meus. Então ele me diria como seria bom se a gente pudesse, nessa noite assim tão clara, se empoleirar sobre a forquilha da nossa sibipiruna. Sem encontrar uma posição cômoda no relvado onde me estendia, sem sono, eu podia observá-lo e admirar seu perfil de linhas mais fortes e decididas que as minhas. Eu era conhecedor da alma de poeta que o Mano sem saber possuía. Ali, com as mãos entrelaçadas sob a nuca e os olhos fitos no céu, seu pensamento, ainda mais do que o meu — que se dividia entre as lembranças e os registros de suas atividades—só podia estar lá na 6, sobre a forquilha no alto da sibipiruna. Lá naquele observatório onde a gente viajava quietos pelos misteriosos caminhos das estrelas, fazendo pedidos secretos às cadentes, temendo ao mesmo tempo ver saltar da nebulosa um ser estranho. Nessas viagens o Mano aproveitava para me ensinar a posição das Três Marias, do Cruzeiro do Sul, da influência que exerciam essas constelações na vida do povo simples. E foi desse observatório improvisado que ele, sem imaginar que era sua alma de poeta quem falava, me passou sua mais importante descoberta sobre corpos celestes.

Afirmando que a lua nascia ali mesmo na 6, depois do capoeirão, ele me disse que um dia, quando eu fosse maior, a gente poderia caminhar até a beira do grotão e assistir de pertinho àquele espetáculo maravilhoso. Então, eu passei a querer crescer depressa, e mesmo dali, do alto da sibipiruna, já via nascer a cheia das mãos espalmadas do próprio Deus.

Deitado ao lado do Mano nessa noite esplêndida, eu já havia entendido que essa forma de me falar sobre o nascimento da lua era um jeito poético que ele encontrava de me ensinar que existem sempre duas ou mais verdades para cada coisa. Há dias que nós caminhávamos para o leste, deixando muito para trás o grotão da 6. Entretanto, andássemos o quanto fosse, ela sempre rebentava de um grotão qualquer. Era uma lua mágica, essa lua dos pequenos suburbanos.

Era sempre uma noite de lua cheia que uma tia mais velha, a tia bruxa, escolhia para nos reunir e contar histórias de medo. Ela assumia essa pecha de bruxa que outras mulheres, cismadas com seu jeito destrambelhado de encarar a vida, lhe haviam imposto. Por isso escolhia as noites de lua cheia, a noite das bruxas, como costumava dizer. Não era encarquilhada, não usava roupas pretas, nem lenço, nem xale. Ao contrário, era uma bruxa extravagante, de unhas pintadas e cigarro na boca. Tinha umas rendas, correra o mundo no trem de aço, não carregava trouxas na cabeça como as outras mulheres. Provinha talvez daí a birra delas. Tia bruxa ria de um modo escrachado, tingia os cabelos, comprava revistas de moda e usava uma piteira comprida, de metal. Nós, os moleques, gostávamos mesmo era do seu perfume. Seu cheiro nos aliciava mais do que suas histórias do além. Mesmo assim, sentíamos um calafrio ouvindo-a contar com tanta intimidade esses casos de assombração. Os ventos que brincavam em nossos cabelos ganhavam um contorno frio de mãos, e sopravam das bandas do cemitério que tinha seus muros não muito longe dali. A tia contava casos de negros escravos que voltavam para cobrar seus senhores, de velhos sovinas que vigiavam seus bens terrenos, ou de fantasmas sofredores que puxavam os pés dos parentes somente para pedir orações. Entretanto, o que ela mais gostava era de instigar nossa malícia, narrando casos de concubinas de padres depravados que ao morrer viravam mulas-sem-cabeça, ou de freiras pecadoras que, envoltas num fogo-fátuo e sem pisar o chão, procuravam pelos vilarejos, sem nunca encontrar, um convento onde purgar a culpa.

Nem sempre era a tia bruxa quem dominava as noites de lua cheia ao redor da fogueira. Muita vez era um tio cinqüentão, ex-soldado, que se gabava de ter corrido os cafundós do Brasil e povoava nossa limitada imaginação com suas aventuras de campanha. Era uma conversa de homens. As meninas alargavam a roda tentando ouvir trechos da narrativa, já que o tio contava em alto e bom som.

Eu gostava particularmente desse tio fanfarrão que combatera cangaceiros, comunistas e índios ferozes, caçara onças e conquistara donzelas, e só não adquirira patentes por ser um incorrigível aventureiro, incapaz de enferrujar atrás de uma escrivaninha, numa sala de quartel. Mas agora, debaixo dessa lua cheia, emergida de um grotão distante léguas dos limites da Parada 6, eu não era adulto o bastante para querer enfrentar feras, bandoleiros ou assombrações. Por isso, apertava na mão direita duas lembranças desses tios pitorescos que eu sempre trazia comigo. Amuletos que se completavam: uma figa encantada para me guardar dos perigos, e uma presa de onça para me dar valentia.

Foi o Mano quem me tirou desses devaneios:

— Essa lua bole com as idéias, não deixa a gente pregar olho...

Eu não olhei para ele, nem tampouco respondi. Mas senti que o seu olhar voltava-se para dentro, e o seu espírito, como o meu, rondava a Parada 6. Fiquei imaginando que ele também pensava nesses tios, ou em outras coisas, para fugir de lembrar da nossa casa.

12.

Uma tempestade, mesmo à luz do dia, é sempre assustadora, mas só à noite ela assume seus aspectos mais tenebrosos. Entretanto, quando ela desabou, graças aos conhecimentos que o Mano tinha do clima da região, nós já estávamos abrigados debaixo de uma enorme pedra que, despontando de dentro da terra, lembrava uma marquise. Para maior conforto, o chão onde nos assentamos era uma pedra tão ampla e mais plana que a de cima.

—Parece que a gente tá num altar—o Mano falou meio sem jeito, mas eu entendi que não havia nenhuma falta de respeito no que ele disse, pois queria apenas comparar aquele abrigo natural com certos nichos que abrigam santos nas igrejas, ou aquelas espécies de grutas visitadas por romeiros devotos.

Mais tarde, analisando melhor a frase do Mano, percebi que havia sim certo misticismo embutido nela, pois revelava ainda que aquele singular conjunto de arquitetura era obra da providência, e estava justamente ali, na passagem dos caminhantes, para abrigá-los nas noites de tormenta. O calor do fogo, que tivemos tempo de acender antes do aguaceiro, me fez entender o gesto dele se persignando. Imitei-o como sempre, curvando humildemente o meu corpo. Só podia ser uma mão divina aquela que socorria os desamparados nas horas de desespero. Sim, o Mano estava coberto de razão, pois dali, sentados sobre aqueles três metros de pedra seca, podíamos ouvir o barulho da enxurrada rasgando as encostas e assistir, ao clarão dos relâmpagos, o fantástico espetáculo da fúria remodelando a natureza ao nosso redor.

—Se chover direto, daqui uns dias vai ser o diabo...

O Mano sabia que eram comuns os deslizamentos quando a chuva caía braba naqueles trechos escarpados. E só quando o sol se abrisse a gente poderia ver as encostas rasgadas de sulcos, expondo raízes de árvores tombadas e as novas lombadas de pedras assomando como abrigos ou terríveis ameaças. Só então os homens lutariam com a lama amontoada sobre os trilhos, num triste modo de quebrar a rotina.

Estranhamente, enquanto durou a tormenta, o olhar sempre terno do irmão mais velho não me saiu da cabeça. Como estaria ele convivendo com a nossa ausência? Não propriamente com a minha — além de ser uma boca a mais, que importância eu tinha para a engrenagem da casa? —, mas com a do Mano, nosso termômetro e nossa balança. Era ele quem mantinha nosso equilíbrio, mediando as questões internas, aconselhando, instruindo ou repreendendo; ou ainda representando a família quando certas questões extrapolavam os limites da nossa casa. Era o Mano que do seu modo resumido sempre encontrava uma palavra. Geralmente, não mais que uma palavra carregada de reflexão ou de sabedoria. Palavra que quase sempre se bastava por ter o peso da razão e da justiça. Era isso o que me preocupava. Como o irmão mais velho, aquele ser conformado e dócil que, contrariando a regra, cedera de bom grado o direito de primogenitura, estaria suportando a falta do Mano? Mesmo eu que nada sabia podia perceber o quanto a alma daquele irmão, com corpo de atleta e rosto de anjo, era singela e frágil. Mesmo eu, cuja única função era registrar a vida do Mano, era capaz de enxergar que um espírito assim, tão desprendido das coisas desta terra, não teria estrutura para suportar o peso de uma casa inteira. Na queda, o Mano era a escora; na ação, a alavanca.

Mais do que os horrores da tempestade, que eu via e ouvia através da espessa cortina d'água que fechava a entrada da nossa gruta, me perturbavam essas lembranças do irmão mais velho. A despeito da carinha de menino inocente, ele já vinha sendo precocemente admitido nas mesas de jogo e na roda dos pândegos nas noites de sábado. E era isso que me angustiava. Ausente o Mano, que muleta ele usaria quando uma avalanche de infortúnios desabasse sobre o seu peito?

Remexendo as brasas sobre a pedra, o céu já calmo, os trovões estourando longe; remexendo o torvelinho de coisas dentro de mim, eu pensei em dizer ao Mano que talvez conviesse ele voltar à casa, que as tormentas por lá deviam estar mais violentas do que essa a que assistíamos. Mas refuguei. Que direito eu tinha de lhe dar conselhos, ou de emitir uma opinião por inofensiva que fosse? Eu, que nada sabia além do que ele me ensinava, e nada fazia sem sua autorização, teria o direito de colocar em dúvida a competência do irmão mais velho? Não fora o próprio Mano quem decidira encaminhar as coisas desse jeito? Se um fedelho como eu era capaz de pensar tudo isso, é claro que o Mano, antes de decidir nossa viagem, fizera de antemão a mesma análise. Essas novas reflexões, associadas ao fim da tormenta, foram me devolvendo a paz interior, mas foi a palavra do Mano que me sossegou por completo.

Parece que ele também tinha o pensamento voltado para a nossa casa, pois, atento ao rumor da lama que deslizava ainda pelas encostas, ele me disse:

—Deus dá o peso exato que cada um pode agüentar.

Com isso, eu sei que ele queria dizer que a gente não devia temer as tormentas de nenhuma ordem, porque assim como ninguém carrega o fardo que a outro está destinado, ninguém escapa do que para si está reservado. Se ele não conhecesse a capacidade que eu tinha de entender as coisas que lhe diziam respeito, era bem capaz de romper um pouco mais o seu silêncio para me ensinar muitas outras coisas sobre o destino dos homens. Mas nem ele precisava, nem eu queria. Pois tudo que ele ainda pudesse dizer serviria apenas para reforçar o núcleo da sua mensagem, e esse eu já tinha absorvido: o que o Mano queria dizer é que o homem não deve ter a presunção de viver conforme a sua vontade, mas sim conforme a vontade de Deus.

Mais tarde, caminhando outra vez à margem da linha, senti que alguma coisa nessa atitude do Mano me incomodava. Era uma coisa ruim, que não se encaixava na idéia que eu sempre fizera dele. Aos poucos — e a contragosto — fui percebendo que ele não era aquela fortaleza cultuada pela família. Como todos nós, tinha seus conflitos, suas fraquezas e suas contradições.

13.

E um dia, quando paramos para a refeição diária, me surpreendi ao ver que o Mano nem sempre sabia esconder as tempestades da alma. Foi dor, uma dor imensa que eu vi em seus olhos enquanto ele tateava o embornal quase vazio. Foi desespero, foi medo de enfrentar essa dura realidade: a própria insegurança. Ele não precisou dizer nada para que eu entendesse isso tudo. E quando ele engrolou, como que para si mesmo, que a gente iria ter que se virar, eu já andava adiante nas minhas conclusões e já sabia que ele diria essa frase. Eu sabia ainda que isso o angustiava, porque teríamos que adiar um pouco o seu projeto. Mais que isso, preocupava-o o contato que a gente teria que manter com desconhecidos se quiséssemos prover de novo o nosso embornal. Ah, que sensações incríveis (algumas contraditórias) eu senti naquela hora! Por um lado estava feliz em retardar o encontro com o pai, por outro estava apreensivo pela descoberta de que o Mano não era mesmo a fortaleza em que eu acreditava. Embora apreensivo, a verdade é que eu gostei de sabê-lo assim, quase igual a qualquer um de nós. Amei-o ainda mais por isso. Entretanto, ao perceber que se desnudava diante de mim, ele caiu em profunda prostração. Deus, como eu gostaria de ter naquele instante o poder de confortá-lo, de inverter nossa relação de dependência e tomá-lo nos braços, acariciar seus grossos cabelos e ajudá-lo a liberar suas lágrimas, provavelmente antigas e amargas.

(Ah, Mano, se eu soubesse como lhe dizer que era de ternura sua maior sede, e que era de um pulso, a um só tempo forte e carinhoso, a sua fome. Ah, Mano, se eu pudesse lhe mostrar, sem ferir seu amor próprio, que era pela constância dessa mão que você ansiava. Se eu tivesse manha, Mano, saberia revelar, sem magoá-lo, que era com um pulso firme e uma voz enérgica, capazes de expulsar os medos, que você sonhava. Mas pobre de mim, Mano. Moleque ignorante, me era impossível encontrar um modo sutil de fazê-lo enxergar que tinha muito mais coragem que covardia nesse seu desejo de reforçar com outros ingredientes as lacunas do nosso embornal.)

Naquele momento em que o Mano parecia vacilar, acreditei que se pudesse vencer minha timidez e quebrar sua resistência eu poderia provê-lo com uma massa inesgotável de ternura.

Uma ternura que eu sempre cultivei de forma clandestina no fundo do meu recolhimento. Mas como liberar tais sentimentos no Mano, sem destemperar a liga que nos unia? Melhor que ninguém, eu sabia que o seu orgulho era a força que nos impulsionava. Por isso nós dois, talvez mais eu do que ele, devíamos zelar pela sobrevivência desse orgulho, pois dele dependia o sucesso das nossas empreitadas.

Bastou o Mano se levantar, ajeitar as tralhas nas costas e dizer decidido: "Tá feito! Amanhã a gente quebra a regra. Nós vamo entrá num vilarejo e arranjá comida", para eu perceber em tempo o absurdo dos meus pensamentos, a bobagem que faria se deixasse vazar esse dramalhão interior. Não, o Mano era um garoto adulto. Aquela reação que eu imaginara ter visto em seu semblante nada mais era que um desânimo passageiro, causado pelo cansaço e pela fome.

Numa tarde em que eu e o Mano garimpávamos cacos coloridos, nos arredores da pedreira, um tumulto defronte a uma vendinha chamou nossa atenção. Um negro de meia-idade havia furtado de um sarará um filão de pão. Aos gritos de "Pega ladrão!", pedreiros que faziam ponto por ali agarraram o pobre. O negro argumentava que estava desempregado, tinha filhos passando fome e roubara por desespero. O sarará contra-argumentava indignado que também vivia o mesmo drama, e que nem por isso se tornara ladrão. Fabricava e vendia pães para sobreviver. Os pedreiros se dividiam: metade queria surrar o "negro safado", a outra metade, compadecida do negro, taxava o padeiro de sovina, cruel e insensível.

Não sei quanto tempo durou a contenda, ou como terminou, pois o Mano me arrastou para longe dali.

— Tropa de mulas! Se eu tivesse uns trocados...

O Mano falou indignado, e eu percebi que, além do desabafo, essa frase continha a intenção de me alertar para as incoerências dos homens. Não me foi difícil enxergar a aversão que ele desenvolvia contra as pessoas que agem em desacordo com aquilo que pregam. Gente que se perde num palavrório vão, posa de exemplo, aponta regras, mas pouco ou nada contribui para diminuir as desigualdades do mundo. Com seu jeito seco, o Mano me fez ver claramente que naquela história tanto o negro quanto o sarará eram vítimas da miséria. Entretanto, foram ambos condenados pela falta de uma ação prática e pela retórica imbecil daqueles matutos. É claro que naquele tempo eu seria incapaz de explicar as coisas dessa forma, mas a idéia já estava plantada para sempre em meu espírito.

14.

Quando sentimos de longe o cheiro do barro assando nos fornos da olaria, o Mano não conteve um suspiro. Eu pude ver que a aparição da olaria despertava nele, tanto quanto em mim, fortíssimas sensações. Provavelmente, não as mesmas, mas com igual intensidade. Pois quando a gente já podia enxergar os olhos rubros dos fornos, o Mano olhou com tristeza a fumaça cinzenta que escapava das chaminés e fez um comentário amargo:

— Por mais que a gente ande, é sempre a mesma danação.

E eu pude sentir que suas emoções eram maiores e opostas às minhas. Aquela frase encharcada de mágoa certamente se referia aos oleiros que formavam com os burros, as caçambas e o barro uma peça só, sem forma e sem identidade. Todos os vilarejos do subúrbio tinham nas olarias e nas pedreiras sua maior fonte de empregos. Embora os trens da madrugada transportassem rebanhos enormes de operários para o centro industrial, grande parte dos suburbanos preferia se resignar à dura realidade de enformar o barro e modelar a pedra. Era visível a dor que o Mano sentia diante desse quadro, pois dava a sensação de que a gente tinha contornado um imenso círculo e voltado ao ponto de partida. Mas era também visível o esforço que ele fazia para recuperar o ânimo, andando entre aqueles desconhecidos, dirigindo a todos um grunhido acompanhado de um arremedo de sorriso: "Dia".

Todas essas sensações do Mano rondavam a minha cabeça, mas eu fazia força para esquecer essas misérias e apreciar a olaria por uma ótica mais superficial e mais romântica. Enquanto ele só tinha olhos para a degradante situação do lugarejo, eu sobrevoava as touceiras de taboas que abundavam nas grandes lagoas barrentas, formadas pelas constantes escavações. Mas não era às pescarias, aos passeios sobre uma rudimentar embarcação de galhos trançados que a gente chamava de jangada, nem aos banhos proibidos que eu me reportava. Era a um encontro fortuito e inesquecível que se deu num novembro de calor intenso. O Mano estava na escola pública e eu me sentia terrivelmente só, então alguma coisa, o calor talvez, me arrastou para a lagoa, nos arredores da velha olaria.

As pequenas cacimbas, as aguadas lodosas, uma preguiça

subindo pelo corpo, as sedosas espigas das taboas, os pés de juá, tudo isso me causando um grande prazer. Agora, relembrando, era como se eu retivesse esmagada na palma da mão a mesma amora-vermelha daquele dia. Era uma amora exuberante, granulosa, que eu acabara de colher, quando ela, a menina de cabelos negros e pele de lírio surgiu de não sei onde, o olhar brilhante pousado na minha mão. Eu lembro o lampejo que tive de lhe oferecer o fruto, cuja cor se comparava ao vermelho da sua boca, mas tudo que consegui fazer foi fechar os punhos e tremer. Tudo mais se perdeu. Só havia o meu olhar confuso dividido entre a ânsia de admirar a beleza dela e a vergonha de me expor. Nunca eu pensara em saber se era feio ou belo; agora, numa rápida autocrítica, me dava conta do estrupício que eu era. Não importava. O aroma adocicado me entrando pelas narinas, a mão novamente aberta, a palma vermelha como se expusesse uma chaga e a visão radiante da menina me faziam desejar o poder de parar o tempo.

Certas paisagens nos trazem recordações tão vivas que têm o poder de despertar em nós remotas emoções. Atravessando com o Mano essa olaria de um vilarejo distante, eu sentia crescer no peito com a mesma intensidade a agitação passada. Paralisado, eu olhava a minha mão espalmada e sentia escorrer-me pelos vãos dos dedos o sangue de outrora.

Não era preciso surgir no céu o mesmo sol de novembro, nem emanar do pó as mesmas ondas de calor, para eu relembrar aquela nuvem pesada que nos obrigou a vencer o espanto e procurar abrigo. Não era preciso desabar um aguaceiro cheio de estrondos e faíscas, nem surgir do nada um casebre em ruínas, para eu sentir de novo o mesmo embaraço de pensar que ela, encostada na parede defronte a mim, poderia ouvir as batidas exaltadas do meu coração. Não era preciso que um estrondo mais forte jogasse a imagem dela subitamente sobre mim, para que eu voltasse a sentir o seu perfume, os seus cachos de menina bem cuidada se esparramando sobre o meu peito, o seu corpinho trêmulo junto ao meu, os bracinhos carnudos me envolvendo a cintura. Nem era preciso ter diante dos olhos um vestido branco com as costas manchadas pela minha palma, nem um rosto indefinido, cuja expressão misturasse a gratidão com o asco, para eu relembrar como foi maravilhosamente doloroso aquele instante em que desejei invadir um mundo que eu já sabia nunca seria o meu.

15.

Depois que a mãe me colocou sob a tutela do Mano, ele passou a ter o direito de me aplicar corretivos. Nas poucas vezes em que me bateu, ele o fez de frente e por razões que eu considerei justas na época. É claro que depois desses corretivos eu me encolhia num canto e chorava, aparentemente como qualquer criança. Em verdade, o motivo do meu choro tinha outros componentes que muito me desgostavam. Um deles era a minha primeira reação, a minha vontade de revidar. Eu já disse que o Mano era franzino. Apesar de mais novo, no braço eu podia enfrentá-lo de igual para igual. Outro, era o despropósito de tempo que durava essa minha revolta contra as reprimendas do Mano. Quando eu conseguia a custo me convencer de que ele estava certo como sempre, eu chorava ainda mais de raiva de mim mesmo, por tê-lo desagradado, por ter saído da linha e desrespeitado suas regras básicas.

Contrariar a vontade do Mano era, para mim, um ato grave

que ele tinha o direito de punir, até mesmo com bofetadas. Depois da revolta, eu mesmo me aplicava uma série de castigos. Enfiado comigo mesmo, procurava os lugares mais ermos, abstendo-me por algum tempo dos poucos prazeres que tinha. Não tocava em pêra-d'água, minha fruta preferida, deixava de lado os convites de outros meninos, inclusive os do próprio Mano, para os banhos de rio, para as pescarias e para os passeios de jangada nas águas lodosas do Sequilho. Ultimamente, me aplicava um castigo ainda mais duro, deixando de ir procurar próximo à lagoa e aos casebres da olaria, por entre os pés de amora-silvestre, o fruto que eu mais cobiçava.

Por tudo isso, foi uma grande emoção contrariar deliberadamente o Mano pela primeira vez.

Foi mesmo uma emoção muito forte contrariá-lo assim desse modo decidido. Andávamos calados como sempre, ele um pouco mais à frente, os olhos pregados no horizonte, certo de que eu viria logo atrás. Foi quando num rompante, e não sei o quanto isso me custou, vendo chegar o desvio eu não pude evitar o grito:

— Vamos seguir por aqui, Mano!

O Mano quase perdeu o passo, mas mantendo a custo o equilíbrio fez que não escutou.

— Vamos mudar de rumo, Mano! — eu tornei a gritar. Mas dessa vez ele não se conteve. Os ombros sacudidos por uma raiva surda, ele falou mastigado, sem voltar o rosto:

— Cala a boca, guri, a gente vai sempre em frente.

Eu podia perceber no tremor do pano da camisa o esforço que ele fazia para segurar a indignação, como se segurasse um potro selvagem prestes a me escoicear. Mas se o Mano estava indignado com a minha petulância, eu era invadido por uma emoção nova, uma espécie de orgulho pela audácia de interpelá-lo daquele modo. E foi levado por essa emoção que eu esqueci do respeito que lhe devia e prossegui:

— Que é que tem de errado num desvio, Mano? É um caminho tão bonito quanto o outro. Talvez mais. Quem te disse que não foi por ele que o pai se perdeu um dia? Ao que ele grunhiu encolerizado:

— Só existe um caminho.

Mas aí fui eu quem perdeu o controle, e sem pensar nas conseqüências, nem medir a cólera do Mano, já fui enveredando pela variante e gritei:

— Tá certo, Mano. S'ocê não vai, eu vou!

Eu já tinha me enfiado um bom quarto de hora por aquele

"descaminho", quando me dei conta do desatino que cometera. Meu espírito estava tão conturbado que eu nem prestava atenção à paisagem que me circundava, e era incapaz de dizer se havia qualquer diferença entre a linha-tronco e aquele desvio. Depois daquela explosão, me escondi numa nuvem escura, onde imagens se atropelavam confusamente sem definir contornos. Era o medo. O medo de perguntar a mim mesmo o que seria dali para a frente. A mim que não tinha sequer conhecimento dos princípios básicos de sobrevivência, e que dedicara minha curta existência à arte de obedecer. E obedecer pressupõe a existência de um líder, alguém que determine a ordem, as regras e o rumo... o Mano. Aquela nuvem que aos poucos se dissipava descortinava ainda uma realidade cruel: aquele meu grito era um grito de pretensa liberdade que trazia no bojo solidão e medo. E esses dois elementos não me permitiam formar uma idéia do que seria realmente a liberdade, antes fazendo com que eu me sentisse apenas uma criança abandonada. Dentro daquele turbilhão, passou a ser secundário o problema da subsistência, pois a fome que já começava a me atormentar não se alojava no estômago. Era mais acima, era no peito a dor que me atormentava.

Foi com disfarçada alegria que eu senti a mão do Mano

sobre o meu ombro, e o metal da sua voz escarafunchando meu cérebro: "Cê vai voltar comigo, pirralho!". Mas eu tinha ido longe demais para não manter um mínimo de dignidade, por isso, segui em frente, duro, como se estivesse mesmo decidido a prosseguir. E foi aí que aconteceu o inesperado. Não pelo tapa de mão aberta, nem pela fogueira que acendeu minha face esquerda; não pela dor física, nem pela vergonha de apanhar assim na cara (ele nunca havia me batido desse jeito humilhante). Esse tapa do Mano era de certo modo uma coisa esperada, pois se ele nunca me batera de mão aberta em plena cara, eu também nunca cometera uma falta tão grave. Surpreendente nisso tudo foi a minha reação interior. Pela primeira vez eu contestei, ainda que só para mim mesmo, esse direito que ele se dava de me bater. "Tá certo que a mãe me pôs sob os cuidados dele, transferindo inteiramente para ele a responsabilidade de me encaminhar na vida — eu me disse lá com as palavras que eu possuía —, mas até que ponto isso lhe dá o direito de escravizar o meu corpo e a minha consciência?"

Eu nunca me permitira exprimir nenhum protesto — ainda que um grito surdo –, muito menos questionar os direitos do Mano. Entretanto, depois desse incidente, foi como se a semente de um novo ser, ainda tímido, mas de voz estranha e ameaçadora, se desenvolvesse prodigiosamente no meu cérebro.

Quando voltamos à linha principal, o Mano me olhou afetuosamente e contou que havia encontrado no matagal uma goiabeira carregadinha. Logo que surgisse um lugar gostoso — determinou — a gente iria parar para comer e repousar o espírito. Com isso ele queria me dizer que estava disposto a esquecer o episódio do desvio e que devíamos seguir em frente, como se nada houvesse acontecido. O importante, ele deixava claro, era a busca do objetivo. No entanto, nada mais seria igual dentro de mim, pois se a companhia dele me devolvia a segurança, eu certamente nunca havia me sentido tão profundamente só.

16.

Caminhávamos fingindo calma por aquelas ruas de pó, quando o grito do menino ao cair da bicicleta cortou o silêncio. Era um menino de fora, de pele bonita e clara, mas sua roupa, que deveria ter sido elegante em comparação aos nossos andrajos, estava agora irreconhecível, manchada de poeira e sangue. Entretanto, nada de mais grave lhe acontecera, e o amálgama grudado em sua roupa e em seu corpo tinha muito mais de poeira e suor do que de sangue. O susto do garoto provinha antes dos estragos causados na bicicleta que no seu corpo. Tremendo, ele olhava desolado a roda dianteira, que lembrava quase o formato de um 8. Eu olhava aquele menino, quase da minha idade, esperando comovido uma ordem qualquer do Mano. Ela veio, depois de um instante de reflexão, contrafeita e insegura:

—É um pó-de-arroz, mas a gente vai ajudar ele a voltar pra casa. Alguma coisa tá me dizendo que é na casa dos granfos que a gente vai encher o embornal.

Percebi que enquanto eu me deixava levar pelo sentimentalismo, o Mano avaliava a situação com uma visão muito mais fria.

Uma boa pernada separava a casa do local do acidente. Era um daqueles casarões que a gente da cidade mantinha para o lazer, e se situava vistoso no alto de um morro. Subimos devagar, eu empurrando com dificuldade a bicicleta danificada, e o Mano carregando a cavalo o menino que, embora ferido, nos olhava com justificado receio e repugnância.

O garoto informou que morava na Vila Rosa—nome da mãe dele—e o Mano aproveitou para me dar uma lição sobre a especulação imobiliária ao comentar que essas propriedades eram o símbolo da riqueza dos patrões. Eu me reportei prontamente à nossa casa, mas ele me cortou o pensamento dizendo que ali nos subúrbios grande parte dos ricos proprietários tinha ido embora. A maioria tinha repartido as terras, pondo à venda pequenos lotes através de intermináveis pagamentos mensais. Uns poucos, entretanto, fizeram das chácaras decadentes local de veraneio, e tranformaram as construções desativadas em precárias moradias de dois ou três cômodos para alugar aos pobres feito a gente. Ele ainda poderia acrescentar que era esse tipo de chácara que a gente costumava chamar de vila, ou que alguns desses pobres acabavam servindo de caseiros e guardiões dos casarões dos senhorios, erguidos quase sempre nos melhores pontos do terreno, mas o meu olhar de franco entendimento poupava-o desses detalhes aborrecidos.

Enquanto vencíamos penosamente o percurso, eu, do meu modo, ia pensando em como o Mano tinha uma visão clara das disparidades sociais, das desumanas diferenças de classe, onde uns buscavam ampliar mais e mais suas vantagens, enquanto a maioria só desejava ser menos explorada. É claro que eu não pensava exatamente assim, mas de um modo entrecortado e confuso, e isso me dava um maior alento, uma maior confiança na intuição do Mano de que havíamos de encher o nosso embornal. Na verdade, esse voto de confiança não vinha apenas do raciocínio, mas principalmente do estômago, pois há dois dias caminhávamos praticamente sem comer.

Não me foi difícil entender a explanação do Mano, e nem ele precisava ter contrariado sua pouca disposição de falar para me dar uma explicação mais detalhada. Bastava ele me explicar a relação entre os ricos e os pobres, no mais era só dizer: "Funciona igual à vila onde a gente mora". De fato, morávamos numa casa de três cômodos, que dividia com outras três as maravilhas de um mesmo quintal. Ali inexistiam condições básicas de higiene. O banheiro se erguia tenebroso sobre uma fossa negra, o poço, com sua velha carretilha, seu grande balde, sua corda gasta, era um buraco mal tapado e perigoso, e o tanque, assentado sobre quatro toscas pernas-de-pau, era uma constante ameaça. Mesmo assim, com seu magnífico pomar, para mim o quintal era o jardim do Éden.

Nessa dura caminhada ao longo dos trilhos, a saudade do pomar me doía tanto quanto me amargurava a falta dos irmãos e da mãe. Sobretudo quando, nauseado pelo sabor invariável daquela ração composta de pão endurecido, óleo e sal, eu sonhava trincar nos dentes uma pêra suculenta, um pêssego carnudo, um caqui... e depois, para completar, tomar com os manos um suco de amoras pretas que a mana, fingindo má vontade, espremia num paninho alvejado—tingido agora por um sangue grosso—que ela separara especialmente para isso. E quando meus pés, doloridos de andar sobre os trilhos ou de pisar a terra dura e pedregosa que margeia a linha, recusavam-se a prosseguir naquela caminhada que, lá no fundo do meu parco entendimento, me parecia inútil, era da terra fértil daquele quintal que eu me lembrava. Quanta paz, quanto conforto naquele chão de húmus.

Quanta segurança no roçar dos pés sobre aquele tapete de gravetos e folhas mortas. Era como se o meu corpo, a exemplo de todos os vegetais, de nada mais precisasse para cumprir o seu ciclo do que estar ali, com a cabeça nas nuvens e os pés plantados no chão.

Enquanto o irmão mais velho aprendia um ofício que lhe permitiria no futuro escolher entre os fornos da olaria e os solavancos do trem; enquanto a mana substituía a mãe nos afazeres domésticos — já que ela vivia presa ao tanque de roupa alheia; enquanto o Mano freqüentava a escola pública, ou se via às voltas com os biscates que arranjava, eu ia desenvolvendo, no aconchego daquelas árvores amigas, o hábito de cismar. Mas era uma cisma boba, de teor mesquinho, muito diferente do cismar do Mano. Enquanto ele sonhava abrir as porteiras do nosso curral, ampliar nossos horizontes, afrontar a consagrada tradição suburbana de submissão e medo, eu, ao contrário, ansiava erguer espessas muralhas em torno do nosso quintal. Ao menos era nisso que eu acreditava. Parecia-me que ali, e somente ali, poderíamos ser felizes. Eu amava tanto aquele pedaço de chão que não me dava conta de que estávamos transitoriamente instalados nele. Para mim ele era nosso! Assim como também era do seu Justino, um baiano enfezado que engordava um porco. E era também da mulher dele, a Donana, que de tão frágil mal podia içar o balde d'água na roldana. Dos seus filhos sempre famintos que roíam os frutos pisados do chão e os frutos ainda verdes do pé. Sim, aquele chão era nosso e era da Antônia, uma cozinheira gorda e retinta que enchia de risos e confeitos os nossos domingos, e era ainda do Diego, seu eterno noivo espanhol. Diante do nada que eu sabia, o quintal era o meu universo. E o que eu chamava de quintal não era apenas aquele quadrilátero delimitado pela cerca de amoreiras, era a vila inteira! Era o casarão do lado, onde morava uma confusão de japoneses, e que fora noutros tempos a casa dos senhorios. Era o imenso pomar, atrás do qual se instalava agora a nova casa de veraneio, ou pelo menos a entrada do pomar, um cercado plantado de cana tendo ao centro um barraco de madeira, vivenda reles do caseiro Vitorino.

Ah! Quando da rua eu olhava de frente para o casarão dos japoneses e lia a inscrição em relevo, no alto da parede, sobre a varanda "Vila Antonieta", meu espírito prontamente traduzia para "Nosso Lar", e uma cálida alegria tomava conta de mim. Eu remoía todas essas lembranças preocupado ainda com minha audácia em contrariar o Mano em sua obstinação de seguir sempre em frente, margeando a linha. Era provável, justificava para mim mesmo, que o meu inconsciente só buscasse encontrar um desvio que nos levasse de volta para casa. Eu não queria, como o Mano, encontrar o pai e depois seguir em busca de um novo mundo. Naquele tempo, eu já tinha todo o meu mundo concentrado naquele quintal e nos outros quintais que formavam o universo dos suburbanos. Na minha inocência eu achava que se podia ser feliz ali, bastando para isso estarmos sempre juntos. Mas eu não tinha coragem e nem sabia como convencer o Mano a reconsiderar. Fazê-lo provar de novo cada sabor, sentir de novo cada cheiro, rever o valor daquelas pequenas coisas e a relação que cada uma delas tinha com nossa própria história, olhadas do alto da nossa velha sibipiruna.

(Nas minhas andanças pelo mundo enveredei por todo tipo de desvio, sempre buscando o caminho de volta. Alguns eram cheios de luzes, outros, nebulosos. Alguns poucos me levaram para distante dos trilhos, outros em tudo se assemelhavam à nossa vila remota, mas nenhum me levou de volta àquele menino insuspeitadamente forte que, recusando-se a partir com o Mano, plantou-se para todo o sempre naquele chão de húmus.)

17.

Dona Rosa tratou-nos com hostilidade, tirando num repelão, quase em pânico, o garoto das costas do Mano. Só ao me ver atrás, encolhido de medo, segurando o meu fardo grotesco, ela compreendeu o que se passava e serenou. Repugnada, ordenou ao caseiro que nos levasse dali. Devíamos cheirar como porcos. Mais do que o cheiro, nosso aspecto deplorável agredia aquela senhora. Compreendi isso quando o Mano, seguindo o caseiro de má vontade, deixou escapar entredentes: "Seba metida!".

—Adão!—ela confirmou nossa impressão ao orientar o caseiro, evitando olhar-nos de frente—Mande a cozinheira lhes dar de comer e tire esses moleques daqui.

Logo, porém, nos demos conta de que ela, preocupada com o estado do menino que voltara a gemer, esquecera-se de nós como se virasse a página de um livro.

Desde que me vi diante daquela mulher estranha, de cabelos dourados, unhas e boca tingidas por um vermelho forte, tive a impressão de que a minha vida estava suspensa.

Assim que o caseiro retirou de minhas mãos o peso inútil da bicicleta que eu ainda segurava, fui recuando lentamente, como uma lagartixa surpreendida em suas caçadas noturnas, até me encostar no tronco amigo de uma pitangueira. Fiquei ali, meio paralisado, observando o olhar do Mano que se fixava hipnotizado no alto da escada que conduzia a uma ampla varanda em torno da casa.

Enquanto a mulher do caseiro, uma bela cabocla com dentes de marfim, preparava para nós uma mesa farta, e o Mano ainda espiava deslumbrado a varanda alta do casarão, eu deixei meu pensamento vagar enquanto reconhecia, um a um, os deliciosos aromas daquele sítio. Há quanto tempo não víamos tanta fartura? Retângulos de bolo de fubá, fatias de broa caseira, manteiga salgada. Ah, e o melhor, o cheiro delicioso do café passando no coador de pano.

Era tanta a euforia que eu tive vontade de quebrar novamente a regra e interpelar o Mano:

"Por que a gente não desiste da empreitada e fica vivendo um tempo aqui? Quem sabe a gente arranja uns biscates, Mano.

Quem sabe a gente junta uns cobres e volta pra casa de cabeça erguida, Mano."

— Por que o senhor trouxe a gente pra cá? — o Mano me tirou do devaneio falando atrapalhado com o caseiro — A dona tinha mandado levá a gente pra cozinha lá do casarão.

Eu percebi que era um estratagema que ele usava para ganhar tempo, tentando sair do embaraço e tomar pé da situação.

— Se eu mandasse oceis pra lá, a cozinheira ia dá uns restos de comida e botá oceis na rua. Aquela peste da patroa num reconhece nada que se faz por ela. A gente tem que agir na maciota — o caseiro respondeu, olhando-nos alternadamente com simpatia.

O Mano fez um hum-hum que continha toda a sua gratidão e o seu contentamento. Mas só eu, que obediente aos desejos da mãe anotava todos os seus movimentos, percebi o lento relaxar de cada músculo de sua face. A comunicação simples daquele mulato desarmou a desconfiança do Mano. Ele me olhou rápido, de soslaio, me informando que ali a gente podia se sentir em casa. Por isso, foi somente depois daquela olhadela que eu pude ceder enfim aos meus impulsos, aceitando com avidez o pedaço de broa que a cabocla desde algum tempo insistia sorridente para que eu comesse.

Amodorrados pela alimentação farta — já nem lembrávamos da última vez que comêramos assim —, aceitamos de bom grado o convite daquela gente boa para cavaquear debaixo do caramanchão de maracujás que eles cultivavam no terreiro atrás da casa. Sonolento, eu me deliciava com a algaravia dos pássaros que se recolhiam às copas frondosas das árvores. Mas o que mais me deleitava era o som terno da voz da cabocla explicando para o Mano as vantagens de morar ali, naquele barraco de quatro cômodos:

— Os patrão vêm muito pouco aqui. Quando eles vêm é um inferno, mas a gente tem quase o ano inteiro pra viver no bem-bom.

Quase adormecido, eu pensei que o Mano devia estar concluindo que ela se referia ao fato de o marido não precisar, como a maioria, se sujeitar à escravidão das pedreiras ou das olarias, tampouco aos perigos do trem. Possivelmente o Mano acrescentaria a essas vantagens uma outra de ordem econômica, pois além do salário de caseiro e da alimentação por conta da casa, na ausência dos senhorios ele ainda poderia dispor de um tempo para biscatear. Entretanto o Mano ouviu-a com o olhar distante e a postura inquieta, limitando-se a responder com um vago “Pois é...”. Somente eu, de frente para a cena, entendi que ele se calava em respeito à excelente hospitalidade, mas ocultava no âmago daquela frase restrita uma severa crítica ao comodismo, à submissão e à servilidade.

Foi desse modo que eu adormeci e sonhei que estava em casa, com o irmão mais velho me acariciando os cabelos (coisa que ele nunca fez) e pedindo para eu não dormir porque a mãe já devia estar chegando e a mana já estava avivando o fogo e pondo a chaleira para ferver. Quando eu acordei na manhã seguinte, demorei para entender que dormia ao lado do Mano, numa esteira na cozinha do barraco dos caseiros, e que a mão sedosa sobre os meus cabelos não era a mão saudosa do irmão mais velho, mas a da acolhedora mulher me despertando para o café.

Em verdade, diante das semelhanças que eu via naquele sítio com o nosso quintal lá na 6, ao contrário do Mano, logo apaguei da memória a figura soberba daquela senhora. Havia um pomar carregado de doces lembranças, havia um cão, com o qual eu troquei afeição imediata, e havia um prazer sincero na acolhida dos caseiros. Que mais eu poderia desejar?

Os patrões se foram logo, e o Mano deve ter-se comovido com a minha alegria, pois aceitou sem relutância o convite para ficarmos uns tempos.

—Diacho!—o Mano reclamou de cara amarrada no dia de nossa partida—A gente perdeu um tempão! As pessoas se acostumam mesmo logo com o bem-bom.

Para mim foram dias inesquecíveis, e a nossa permanência, apesar de longa, foi muito menor do que eu desejava. Mas aquela frase do Mano me reconduzia à nossa realidade. Ficava claro que ele queria dizer que, para aqueles que perseguem seriamente um objetivo, nós havíamos perdido muito mais tempo do que manda o bom senso. Mesmo assim, ele caminhava quase feliz, pois seguíamos descansados, limpos, e com o embornal mais cheio do que quando saímos de casa. Mas sua frase guardava ainda uma outra reprimenda que ele não encontrava o meio de botar para fora, mas que eu sabia referir-se à minha conduta.

Sem dúvida, a estada naquela casa modificou para sempre a minha maneira de enxergar a vida. E se os desvios me abriram a existência de horizontes nunca imaginados, o convívio com aquela gente descortinou horizontes dentro de mim mesmo.

Nos primeiros dias deve ter sido a ilusão de estar perto de casa o que me encantou, pois não houve árvore em que eu não trepasse, nem houve fruto que eu não provasse. Também não sobrou um palmo de chão que não fosse tocado pela sola ansiosa do meu pé. Não houve planta, não houve animal, nem objeto que não recebesse o carinho da palma da minha mão. Foram dois dias inteiros de idílio com o quintal, com sua fauna miúda, com seus odores sutis. E ela, a cabocla, acompanhava curiosa essa minha tendência para o isolamento, e me sussurrava coisas que eu ainda não podia entender:

— Você, se pudesse, comprava uma roça longe, juntava nela tudo aquilo que você gosta e fechava as portas pro mundo. Ela falava num tom cheio de cumplicidade, quebrando aos poucos, com uma sutileza imprópria de mulheres suburbanas, a grossa casca que me envolvia. Eu ainda não conhecia palavras que pudessem explicar que não precisava ser um fim de mundo. Que o paraíso podia ser mesmo ali, ou lá na 6, com a mãe, os manos e os outros inquilinos. Que bastava não existirem patrões, nem maiores ambições do que o necessário para alimentar o corpo e enriquecer a alma. Então, eu sorria e calava.

Aos poucos eu ia me desembrutecendo. Uma tarde, me permitindo deitar a cabeça em seu colo, eu brincava de encontrar figuras nas nuvens quando ela me perguntou:

— Você me deixava descobrir seu esconderijo e invadir seus segredos? Deixava, meu menino?

Embora o quadro fosse de aparente intimidade, eu me constrangi e só pude responder com um sorriso embaraçado. No fundo, porém, eu já sabia que ela, a exemplo do que se dava entre o Mano e eu, já entendia os meus códigos, e traduzia prontamente o meu sorriso envergonhado. Por isso, quando apertou ligeiramente minha cabeça contra o ventre, de um modo quase maternal, eu sabia que era o jeito de ela dizer que me entendera, que dali para a frente eu não poderia pensar nesse meu mundo recém-descoberto sem incluí-la dentro dele.

Quando a rua onde se localizava a Vila Rosa, bem distante do povoado, se transformava numa vereda ladeada por uma vegetação mais agreste, lia-se numa tabuleta sobre a trave de uma rústica cancela: "Recanto dos Rayne". Esses gringos tinham criações e era para eles que o caseiro Adão fazia seus bicos. Não foi difícil ajeitar para o Mano um lugar de ajudante, ficando comigo o dever de auxiliar a mulher nos afazeres da chácara. Eu não encarava esses encargos como um fardo, mas como uma tarefa das mais deliciosas. Sobretudo porque a cabocla, despachada e prática, sempre encontrava um bom tempo para embrenhar-se comigo entre as árvores do pomar. Naquele recanto, do seu modo simples, ela ia me ensinando novos sentidos para velhos conceitos, me mostrando, por exemplo, que liberdade não se busca nas estradas. E quando eu finalmente compreendi, tanta coisa deixou de importar: o tempo relativo, as regras suburbanas, o preconceito. De repente, quando já havíamos trocado todas as nossas poucas palavras, eu fui me dando conta de que poderíamos ser donos dos nossos desejos, realizando-os um a um sem experimentar depois qualquer sentimento de culpa. Primeiro eu a iniciei nos inocentes prazeres que conhecia e que principiavam pelas coisas simples do quintal. Eu que naquele tempo amava a chuva, a terra e o sol, mas não tinha a menor idéia de que sem a junção desses três elementos não existiriam os doces frutos do pomar. O que eu ensinei a ela foram meus tolos segredos infantis: minhas intimidades com as árvores, que eu tratava como se fossem seres humanos, meu jeito carinhoso de rolar na terra, de beber do poço, de abraçar um tronco, minha maneira voluptuosa de sentir os cheiros, de saborear os frutos. Coisas que ela passou a dividir comigo, palmo a palmo, boca a boca, com todo o ingênuo prazer que a nossa confusa relação podia proporcionar. Depois foi a vez de ela me ensinar a amar com a mesma volúpia, mas com a mesma inocência e o mesmo respeito que eu tinha pelas coisas do quintal, os frutos já maduros do seu corpo.

18.

— Diacho! As pessoas se acostumam logo com o bem-bom! — foi a primeira coisa que o Mano disse, quando partimos.

Eu não precisei perguntar a ele o porquê da sua decisão de partir tão depressa. De cara fechada, assim que nos vimos longe o bastante da entrada da vila, ele encontrou o jeito de me passar a descompostura:

— Isso que ocê fez é papel de patife. Sua sorte é que o Adão é um pobre coitado!

Ele se referia à ingenuidade e à pureza do caseiro, que era de fato um simplório, incapaz de enxergar a maldade do mundo.

Voltávamos para a 9 no mais completo silêncio. Ele, decerto, maquinando uma melhor maneira de me passar uma descompostura, ou a melhor estratégia de evitar a próxima parada. Eu apenas ruminando com deleite os dias maravilhosos que tínhamos passado na Vila Rosa. Seguia mesmo era me inebriando naquele perfume forte de cabocla que parecia ter ficado para sempre na minha pele; me deliciando com aquele gosto um tanto acre que ela tinha deixado em minha boca. Em resumo, eu seguia saboreando novamente cada momento que vivi na chácara, e nem me importava se para o Mano isso não passava de uma coisa suja, de um medonho pecado. Tanto que poderia ter-lhe dito: "Eu não fiz nada do que ce tá pensando, Mano!". No entanto, pouco me interessava àquela altura se sua atitude moralista obedecia apenas às imposições dos nossos estreitos conceitos suburbanos. E, muito antes de admitir ou me desculpar por um crime que não cometera, era de alegria que eu gostaria de bater no peito e de gritar na cara dele o quanto eu me sentia feliz! Que eu tinha crescido e já não me sentia aquele cisco, aquela sombra muitas vezes incômoda. Mas o respeito que eu tinha por ele ainda era maior do que a minha euforia, e foi por isso que eu, mantendo uma calma aparente, engoli esse desabafo certamente injusto e apenas lhe disse:

—Chegou a hora de cada um seguir seu próprio caminho. Não agüento mais seguir em frente, Mano. Vou me embrenhar no primeiro desvio. Eu falei sem encará-lo, mas podia sentir no seu pesado silêncio uma grande estupefação.

Mas o Mano tinha uma intuição muito aguçada, e já devia

vir preparando o espírito para um choque violento, pois foi com voz quase serena que ele me respondeu:

— Se é assim que ocê quer... Eu continuo sempre em frente, ao encontro do pai!

Nos encaramos pela primeira vez. Os olhos dele, ao contrário dos meus, estavam secos. Eu pude avaliar o drama que ele vivia, perdendo comigo sua mola propulsora. Onde ele buscaria agora o impulso para seguir adiante? Mas eu sabia que nem isso e nem nada o faria mudar de rumo. Ele seguiria sempre em frente, ao longo da linha-tronco, para o leste, que era o extremo daqueles cafundós. Com suas pernas tortas, o olhar baixo, o Mano seguiria o caminho dos trilhos, irremediavelmente preso aos limites da ferrovia. (Ah, se eu possuísse o dom de dizer as coisas que ele precisava ouvir, sem tocar suas feridas, sem arranhar seu orgulho, eu gostaria de abraçá-lo fortemente, de convencê-lo a inverter os papéis e voltar comigo. Embora a essa altura eu mesmo já soubesse que não bastava girar o corpo e retroceder sobre o próprio passo, mas que era preciso se embrenhar corajosamente por todos os desvios até encontrar o verdadeiro caminho de volta.)

Nos despedimos sem um abraço, sem mesmo um aperto de

mão. O meu coração estava oprimido, e eu imagino que o dele ainda mais do que o meu. Mano, Mano, meu querido Mano. Eu fiquei acompanhando seu grotesco saltitar sobre os dormentes até ele sumir na primeira curva. Que doloroso vê-lo seguir encurvado, os ombros sacudidos por tremores compassados pelo baque dos pés sobre os dormentes. Seria possível que ele soluçasse? Diante dessa possibilidade, eu tomei súbita consciência da dimensão daquele momento. De repente nós, os companheiros inseparáveis, o mestre e o pupilo, ou melhor, o mestre e sua testemunha, caminharíamos irremediavelmente sós, cada um diante de si mesmo, pelo deserto da nossa existência.

TIPOLOGIA
Perpetua 12.5/17

FILMES
Y & M

PAPEL
Pólen print 120 gr/m²
Companhia Suzano de Papel e Celulose

IMPRESSÃO
Bartira Gráfica e Editora

TIRAGEM
3.000 exemplares